马希玲 由砼 李月秋 著

悠悠满江红

YOUYOU MANJIANGHONG

半载人生磨一剑
中华正韵满江红

江西高校出版社

图书在版编目(CIP)数据

悠悠满江红/马希玲,由砯,李月秋著.--南昌:江西高校出版社,2024.4
ISBN 978-7-5762-4363-5

Ⅰ.①悠… Ⅱ.①马… ②由… ③李… Ⅲ.①词(文学)—作品集—中国—当代 Ⅳ.①I227.8

中国国家版本馆 CIP 数据核字(2023)第 230130 号

出版发行	江西高校出版社
社　　址	江西省南昌市洪都北大道 96 号
总编室电话	(0791)88504319
销售电话	(0791)88522516
网　　址	www.juacp.com
印　　刷	永清县晔盛亚胶印有限公司
经　　销	全国新华书店
开　　本	880 mm×1230 mm　1/32
印　　张	6
字　　数	101 千字
版　　次	2024 年 4 月第 1 版
	2024 年 4 月第 1 次印刷
书　　号	ISBN 978-7-5762-4363-5
定　　价	58.00 元

赣版权登字-07-2023-850
版权所有　侵权必究

图书若有印装问题,请随时向本社印制部(0791-88513257)退换

序　言

　　半载人生磨一剑，中华正韵满江红。《满江红》是一部词集，共收录词作《满江红》二百余首，由"正韵轩"创始人珊耶先生（马希玲教授）及其学生珊然（由砾女士）和珊碧（李月秋女士）合著而成。该书严格遵循《词林正韵》的格律、韵律和音律。

　　珊耶先生最近在"正韵轩"北海工作室完成的一首《满江红·雪墨》，充分体现了三律之美。"雪墨飞扬，丹青笔，夕阳昭夏。兹咏叹，万灵烟火，使然甄冶。黑白纵横谈格局，清茶烈酒聊天下。朦胧乐、渲染道棋门，兵车马。尘寄客，多寂夜；迷执事，哪堪话。即琼浆万盏，未消惆寡。气海三千红树地，芳馨百卉梧桐厦。意何其，智性老为尊，应无价。"该词洋洋洒洒、意气轩昂。年过古稀的词人，心界是如此辽阔。

少年时，读英雄岳飞的一首《满江红》，因而敬仰其家国情怀，慨叹其壮志未酬，倾慕其才华横溢。随着年龄的增长，我对古诗词的喜欢和热爱越发强烈。

此生最大的幸事，莫过于在半百之年，遇见珊耶先生，能有幸拜在其门下，追光而行。这是一条通往古诗词的荣耀之路。

先生开辟的本溪工作室和北海工作室宗旨一致：以深入研习中国古诗词为目的，以继承和传承古诗词为使命。一颗赤子之心蕴藏着一个伟大而美丽的梦想。

满江红，据说是浮生于江水之上的一种植物，秋冬时节呈现一片红色，宛如夕阳染得半江红。词牌《满江红》的格律、韵律和音律极其美妙，颇具独特性。为此，先生给我们下达了艰巨的任务，让我们用六年来学习的知识，创作一组《满江红》，笔切现实，记录时代，抒发家国情怀。

"七十光阴弹指过，未经磨染是初心。"珊耶先生的词作，根植于时代生活，题材宽泛，涉及面广。她对作品要求极高，无论四时风物、寄情山水，还是思乡念人、伤离惜别，抑或咏史怀古、忧国忧民、针砭时弊、剖析人性，每一首词作都力求深、精、尖。其

创作风格多样,有婉约、有豪放,有批判、有讴歌。她敢于直面现实,以哲理入词;也敢于自嘲,将幽默入文。文章行云流水,挥洒自如,表现出一种别样的思想情操和艺术风格。

我的词作与先生相比,明显少了生活的历练和经验,注重探究人的内心世界,很多词作的灵感来源于身边的人或事。因初出茅庐,题材有些单一,所以有很多进步的空间。

月秋的词作最大的特点在于用韵。"今故址,杂草疯。已不见,旧时容。憾眼前残破,萧景凄风。往昔同侪多记挂,当年才俊几重逢。怅教涯、日月转流光,楼已空。"这是月秋的一段平韵格《满江红》。《满江红》一般以入声韵为主,慷慨激昂,适宜抒发壮志豪情。月秋选用平声韵创作,其巧妙程度不输仄声韵。月秋的词相对来说,更平和些,如一盏陈年的普洱,一口品香,二口品甘,三口品味,内敛深沉。

好风凭借力,送我上青云。作家章诒和在《往事并不如烟》一书中写道:人生也分春夏秋冬四季。我们都是已过天命耳顺之人,在先生的强化指导和严格督促下,合力将《悠悠满江红》完成。"正韵轩"师生用自己的方式,向文学爱好者真诚倡议:继承和传承古诗词，向古诗词致敬！

　　作为学生，我由衷地感谢恩师珊耶先生。她拖着病体，呕心沥血，带领我们圆诗词梦。她所做的一切，是在燃烧自己，换一场烟火，只为此生不留遗憾。

由　砅

2023 年 8 月 12 日于本溪

目 录

马希玲

满江红·珊 …………… 2
满江红·耶 …………… 2
满江红·惜 …………… 3
满江红·生命 ………… 3
满江红·火焰山 ……… 4
满江红·梦楼兰 ……… 4
满江红·致轩妹 ……… 5
满江红·重阳题 ……… 5
满江红·悼岳飞 ……… 6
满江红·忆故乡 ……… 6
满江红·致青春 ……… 7
满江红·唯美新疆 …… 7
满江红·故乡之恋 …… 8
满江红·早春 ………… 8

满江红·青萌 ……… 9
满江红·耕忙 ……… 9
满江红·田草 ……… 10
满江红·笃 ………… 10
满江红·冻野 ……… 11
满江红·除夕 ……… 11
满江红·正月 ……… 12
满江红·寒食 ……… 12
满江红·高阳 ……… 13
满江红·夏雨 ……… 13
满江红·错爱 ……… 14
满江红·中秋 ……… 14
满江红·寒露 ……… 15
满江红·纪年 ……… 15

满江红·无题	16	满江红·元旦	28
满江红·西域变迁	16	满江红·挽纪	28
满江红·夜问	17	满江红·芳菲泪	29
满江红·开学辞	17	满江红·碎语	29
满江红·这一年	18	满江红·悠悠者	30
满江红·陈情令	18	满江红·观江海	30
满江红·落叶	19	满江红·问海潮	31
满江红·道理	19	满江红·忆少年	31
满江红·光	20	满江红·泻训	32
满江红·送流年	20	满江红·诗翁	32
满江红·穿肠药	21	满江红·怅天角	33
满江红·雪魄	21	满江红·知否	33
满江红·落雪	22	满江红·江山无限	34
满江红·春雪	22	满江红·封印	34
满江红·赠由砅	23	满江红·别故乡	35
满江红·唤春	23	满江红·怒怼	35
满江红·等待	24	满江红·那一夜	36
满江红·温暖	24	满江红·江湖	36
满江红·悼故人	25	满江红·春无极	37
满江红·河畔随笔	25	满江红·余华	37
满江红·冰与火	26	满江红·怅九霄	38
满江红·听雨	26	满江红·追往事	38
满江红·稻花香	27	满江红·悯生	39

满江红·勿忘我 …… 39	满江红·缅怀张香山先哲 …… 51
满江红·万世何来 … 40	
满江红·苍生记 …… 40	满江红·自嘲 …… 51
满江红·杏花寒食 … 41	满江红·夜思 …… 52
满江红·银滩 …… 41	满江红·理想 …… 52
满江红·伤春辞 …… 42	满江红·春秋梦 …… 53
满江红·二层楼上 … 42	满江红·霓裳雪 …… 53
满江红·春问 …… 43	满江红·迟暮 …… 54
满江红·血性 …… 43	满江红·忆佳丽 …… 54
满江红·拜月 …… 44	满江红·悲离骚 …… 55
满江红·对海 …… 44	满江红·招魂 …… 56
满江红·望乡 …… 45	满江红·春夜小酌 … 57
满江红·市井红尘 … 45	满江红·得了 …… 57
满江红·到北海 …… 46	满江红·今夕何夕 … 58
满江红·生日宴 …… 46	满江红·活着 …… 58
满江红·早市 …… 47	满江红·芳草恨 …… 59
满江红·问月 …… 47	满江红·挽念朋友 … 59
满江红·广场舞 …… 48	满江红·角落 …… 60
满江红·乡客 …… 48	满江红·分享 …… 60
满江红·微尘 …… 49	满江红·落红 …… 61
满江红·听涛 …… 49	满江红·恨海 …… 61
满江红·绿皮车 …… 50	满江红·人世间 …… 62
满江红·致一凡 …… 50	满江红·小路 …… 62

满江红·红尘引 …… 63
满江红·泊纪 ……… 63
满江红·寒庚 ……… 64

由砯

满江红·正韵之途 … 66
满江红·生之绚烂 … 67
满江红·感恩 ……… 68
满江红·冰凌花 …… 69
满江红·未名 ……… 70
满江红·致敬 ……… 71
满江红·父亲 ……… 72
满江红·省醒 ……… 73
满江红·朝霞揽月 … 74
满江红·旧貌新颜 … 75
满江红·小小鸟 …… 76
满江红·试茶 ……… 77
满江红·跳龙门 …… 78
满江红·勉 ………… 79
满江红·辨析 ……… 80
满江红·忠言 ……… 81
满江红·读书乐 …… 82
满江红·戒怀 ……… 83

满江红·引 ………… 84
满江红·夜吟 ……… 85
满江红·春光 ……… 85
满江红·格局 ……… 86
满江红·自说自话 … 87
满江红·春之声 …… 88
满江红·小轩窗 …… 89
满江红·诉衷情 …… 90
满江红·光阴 ……… 91
满江红·龋齿 ……… 92
满江红·无那 ……… 93
满江红·芫荽引 …… 94
满江红·哈尔滨 …… 95
满江红·感题至亲辞世
………………… 96
满江红·婚庆有感 … 97
满江红·纪梧桐 …… 98
满江红·南柯梦 …… 99

满江红·半生缘 …… 100
满江红·午夜 …… 101
满江红·夏夜 …… 102
满江红·感伤 …… 103

满江红·乡恋 …… 104
满江红·致君子 …… 105
满江红·向远方 …… 106

李月秋

满江红·远程教学 … 108
满江红·红色旅游 … 109
满江红·项羽 …… 110
满江红·华夏颂 …… 111
满江红·生如夏花 … 112
满江红·红旗渠 …… 113
满江红·晚境 …… 114
满江红·秋思 …… 115
满江红·读史 …… 116
满江红·古稀年 …… 117
满江红·黄浦江畔 … 118
满江红·青云山 …… 119
满江红·荣耀 …… 120
满江红·学者 …… 121
满江红·百草园 …… 122
满江红·衍水 …… 123

满江红·知青生活 … 124
满江红·铁刹山 …… 125
满江红·悬空寺 …… 126
满江红·盘古 …… 127
满江红·春分 …… 128
满江红·一叶扁舟 … 129
满江红·寻梅 …… 130
满江红·冬至 …… 131
满江红·清明 …… 132
满江红·谷雨 …… 133
满江红·择程 …… 134
满江红·鸟儿 …… 135
满江红·忆少年 …… 136
满江红·在江南 …… 137
满江红·本溪水洞 … 138
满江红·千岛湖 …… 139

满江红·铭记 ········ 140
满江红·又缘复旦 ··· 141
满江红·看病 ········ 142
满江红·念胞弟 ······ 144
满江红·香山路 ······ 145
满江红·忆煤矿二中
　　·················· 146
满江红·溪湖 ········ 147
满江红·军旗 ········ 148

后　记 ····························· 149
附　词林正韵 ······················ 152

马希玲

马希玲（女），笔名珊耶，汉族，新疆大学工程力学教授。1948年8月出生于辽宁省开原县。1957年随父母迁居辽宁省本溪市。1968年10月作为老三届知青上山下乡。1972年10月回城当工人。1978年参加高考。1982年本科毕业后，一直在大学从事教学工作。1986年调到新疆大学，现已退休。一生酷爱古诗词并潜心研习。2015年，在中国文联出版社出版了《马希玲词集》。2019年，在团结出版社出版了《珊耶词轩》。在校期间公开发表过多篇学术论文。

满江红·珊

　　花焰丛丛，任滔涌、妍雅永生。原本是、洁身清阔，浩海之灵。大浪淘沙深底域，月宫玉桂映娉婷。竟自然，云动作仙音，玄象升。

　　常小觑，潮上名，然素爱，碧流清。那豁怀芳貌，逸俗峥嵘。众里寻她颜与色，独端方显品和琼。耀世来，风致度珊珊，而卓行。

2018 年 1 月 11 日题于新疆大学

满江红·耶

　　君问非耶，寻理义、明则有初。生敏慧、得知邪正，启智聪余。心性良微终及弊，德姝才溢等闲居。枉直兮，巧舌道何其，则子虚。

　　仁礼信，应必须。经世事，路崎岖。但访求知识，尽管徐徐。试作探询从尺度，历行言教各无娱。是非耶，且莫匪夷思，兵马车。

2018 年 1 月 11 日题于新疆大学

满江红·惜

凝望青云，东逐绪，闲酌品秋。离别际，未曾言切，仍在心头。一盏乡音萦耳户，两樽萧瑟带清愁。又满三，除却故人缘，何所求。

斜阳里，楼外楼，关山越，念悠悠。惜物华都歇，年落余惆。两地梧桐凋碧色，七旬芳梦鹤云游。雪敲窗，燃烛接灯停，红泪流。

2018 年 1 月 10 日题于新疆大学

满江红·生命

五色韶光，春艳点、嫣红姹紫。风柳软，雨滋霞普，盎然清丽。春夏芳菲寻日月，秋冬落叶栖霜地。灵犀物，荣苒又消亡，轮回美。

生息路，人最是。求索得，谈何易！待光阴验化，圣经天意。沧海浪翻承瑞梦，红尘所向因希冀。纵苦度，喜乐对尘劳，真情味。

2014 年秋题于新疆大学

3

满江红·火焰山

赤烈烧云，山突兀，蒸岩煎灼。传说里，悟空翻闹，老君摛缚。八卦炼丹为底事，一蹬炉损砖头落。化龙脉，从此坐人间，成沟壑。

形貌特，山秃斫。先海底，红沙崿。叹沧桑巨变，自然帷幄。盆地火洲田万顷，艾丁湖畔资千获。藏宝汇，幽谷蔽林溪，桃源郭。

2018 年 1 月 28 日题于新疆大学

满江红·梦楼兰

索记楼兰，罗布泊，匪夷梦幻。盐泽地、圣姿灵韵，绿洲兴畔。商贸丝绸多路客，交通使节咽喉栈。班超马，西域族边情，张骞撰。

塔里木，河淤灌。流向转，成沙瀚。惜悠悠道法，古城埋遍。海市蜃楼湖底秘，干涸夺命身罹难。彭加木，大漠祭碑前，英名冠。

2018 年 1 月 27 日题于新疆大学

满江红·致轩妹

翰墨微澜，重泛起，诗文风月。屏幕上，点评吟赏，语庸辞缺。经典偶为妆脸作，俗篇时尚流行热。书香界，正韵待纵横，尊贤哲。

文明史，千年越。因汉字，于人杰。惜阳春白雪，课堂虚设。宋有琼词三百首，今无骚客千秋阕。兹怀远，与我肯传承，灵和血。

2017年12月7日夜感题于新疆大学

满江红·重阳题

雨落残花，风卷叶，乱零凋碧。唯槛菊，盛装优雅，倚阑秀色。闲读宋词生愤绪，酌思慨叹哀巾帼。土清惠，千古恨凭谁？词题壁。

向午霁，登临脊。云上庙，碑文陌。莽红尘阔水，所思仙魄。名烈悠悠身已去，芳魂脉脉云霞逸。到而今，几许识胸襟，芳尘迹。

2017年重阳感题于新疆大学

满江红·悼岳飞

怒发冲冠，传千古，未曾停歇。尘土梦，帝从奸佞，不容忠烈。十二金牌河北异，一身戎戈江南月。天地鉴，收复抗金辞，情之切。

靖康耻，谁来雪？鹏举泪，狼烟灭。憾悠悠社稷，德臣稀缺。宋室虽经三百载，江山何止寻常血。报国愿，母刺浸英魂，环陵阙！

2017 年 12 月 7 日题于新疆大学

满江红·忆故乡

梦里归乡，寻旧迹，怡人景物。河畔路，落霞含翠，柳摇烟月。街巷亭边歌舞乐，柏油车贯风驰掣。老兵营，坐地起红楼，霓灯叠。

太子水，清流澈。秋静好，然离别。叹光阴似箭，鬓添霜雪。锦瑟年华空志满，黄昏晚境劳心血。纵夕阳，重塑古稀年，胸襟阔。

2017 年 12 月 6 日题于新疆大学

满江红·致青春

碧落坤灵，年锦瑟，玉妍英物。犹记得，激扬文载，拨云弄月。赤子坦诚忧社稷，精英报国心明澈。踏尘嚣，山野卧苍龙，风嘶烈。

非凡日，寒宵冽。茅草屋，迎霜雪。问华年何似，一腔丹血。寂寂青春磨砺过，悠悠岁月情难绝。再回首，感念此生涯，天公设。

2017 年 12 月 6 日题于新疆大学

满江红·唯美新疆

砾漠胡杨，生千载，风姿静丽。穿戈壁，铁龙高速，日行千里。喀纳斯湖湾六道，天山雪育人纯粹。石河子，大国垦兵团，英雄志。

阿勒泰，丰资汇；伊犁水，天池美。看风情巴扎，业商齐制。二道桥街开目野，五云端笼飞祥瑞。昆仑脉，靖卧庇边民，新疆魅。

2019 年 7 月 5 日题于新疆大学

满江红·故乡之恋

故里开原,城方廓、五朝名列。灵秀镇,脊高琉瓦,宅深庭阔。石塔倚天挥万户,钟楼动地醒千哲。晚彤云,金透翠篱园,倾华月。

今来此,人烟缺。河浅底,关迹绝。看残垣破寺,一怀悲切。尘暗老城摧院落,无芳懒草埋墙堞。叹如何?惟冀众英贤,重新崛。

2009 年 5 月感题于开原

满江红·早春

三月春分,鸡破晓、芥头呆目。提睡意、揽衫轻抖,峭寒飙酷。乡野我来携日月,山村尔在观星宿。红旭升,缥缈远烟炊,炎凉粥。

未正午,饥肠辘,烧薯豆,伤皮肉。夜悲风凄吼,裹衾低哭。世上千般常人梦,舍间方寸难移足。望北斗,天降任于身,曦窗屋。

2017 年 12 月 26 日忆题于新疆大学

满江红·青萌

　　四月风和，青萌始、乱丘疏绿。施粪地、恰逢初雨，趾泥蹴足。农种春秋勤与苦，尘劳四季耕和俗。校园外，乡野教科书，田间读。

　　东风破，冰嘶漉。年锦瑟，消磨族。晚溪边笛荡，落霞山谷。朝起垄间行世路，午观燕雀林梢逐。思万般，知我欲何为？如鸿鹄。

2017 年 12 月 17 日忆题于新疆大学

满江红·耕忙

　　五月春阑，忙种起，野花香逸。贫瘠地，垄斜人正，碌劳朝夕。山谷弯弯行数里，庄田块块分幽僻。我来也，挥手画江山，犁当笔。

　　抬头望，高阳吉。禾下土，留踪迹。盼雷公降雨，盎然川碧。日耀鸿飞云路广，落霞炊引乡间客。晚餐毕，惆怅对村溪，闲横笛。

2017 年 12 月 28 日忆题于新疆大学

满江红·田草

六月曦光,惊响镐、向田行急。芳草劲、与苗争嘴,垄间清敌。万物千姿应本取,生灵百态均求索。天法道,道法自然兮,尊规律。

宿命里,逢雨及,蔫又苒,滋生息。望天涯何处?莽茵波碧。本是野原飙骏马,却依篱畔迎骚客。素而简,辛瘁几轮回,唯霞煜。

2017 年 12 月 29 日忆题于新疆大学

满江红·笃

寒宇凌烟,风瑟瑟、闭门愁索。锅灶冷、水缸空彻,井周冰箔。炉火阑珊汤粥尽,辘轳扯断何其恶。生险象,命舛黯云遮,惊魂魄。

冰雪夜,无知觉。三十里,寻医药。算苍天慧眼,惜怜年薄。试想壮怀幽寂野,消磨嫩骨乾坤错。虽病笃,殷恳望苍穹,如云鹤。

2017 年 12 月 30 日忆题于新疆大学

满江红·冻野

腊月寒酥,飙千里,朔风侵目。窗纸破,映霞光注,草棚小屋。山顶牧怀冰着泪,野边信步乡愁足。睫巾雪,远眺乱云飞,心追逐。

饥肠辘,三百读。无所事,蹉跎族。夜灯熏鼻黑,额眉惆慼。陋室裂缝凋叶入,寒衾裹紧如霜覆。苦浪漫,炉火伴风箱,如春沐。

2017 年 12 月 31 日忆题于新疆大学

满江红·除夕

年去年来,除夕夜,古今情切。乡习礼,阖家端拜,长尊康惬。辞旧红包钱尚少,迎新碗宴方饕餮。烧祭纸,响炮助烟花,声声烈。

望苍天,思落月。山野贺,飞祥雪。愿东风浩荡,泽民农苗。几载山村耕汗种,一方水土劳心血。食香龛,把酒问如何?朝天阙。

2017 年 12 月 31 日忆题于新疆大学

满江红·正月

茅舍张灯，行牌乐、上元欢切。星夜静、笔书凝想，五更方歇。破晓出工翻粪垛，高阳送走团圆月。又一年，受教在山村，消磨活。

赶农集，迎冰雪，归路远，风凛冽。遇乡车信即，泪眸凝阅。四季轮回寒日尽，三春已向清和热。待东风，霞朗尽开来，祥云拂。

2018年1月1日忆题于新疆大学

满江红·寒食

燕踏青枝，烟雨后，迷离堪画。寒食日、远涯追缅，纸钱烧化。杨柳依怜乡寄客，杏花飘落招魂野。念故园，迢递祭先人，忧思者。

清明过，河鸭话，庭院草，飙风耍。残阳如血，晚炊烟下。叠巚转还无世路，陋居夜想如天马。问星空，玉宇划长河，光阴也！

2018年1月1日忆题于新疆大学

满江红·高阳

艳抹丹霞,烧天际、频挥汗雨。三伏日、小闲私理,院边勾圖。地里苗成天道法,锅中米粥含辛苦。盼好年,高热又欺人,云无语。

修水渠,千秋举,山谷石,谁来取?望荒烟僻野,所思无绪。凉意转回农作活,烈炎相继民无主。生态状,可有后来忧,谁知许?

2018年1月3日忆题于新疆大学

满江红·夏雨

仲夏残更,清梦里,惊听雨骤。雷贯耳,草棚掀顶,纸窗洇透。茅屋瀑淋何去也,哭心暗唤天知否?望四野,狼藉遍荒淹,风僝僽。

云霁后,穷室陋,高日下,村溪秀。叹庄田害涝,几时昂首。地法轨行生息道,民期施福天恩厚。忧而忧,惠育一方人,长厮守。

2018年1月4日忆题于新疆大学

满江红·错爱

雨僝风僽，篱畔外、焯然红杏。尘俗洗、一番零乱，甚知提领。僻壤嗜猜闲作乐，穷乡独享难清静。日复日，野草伴光阴，谁谁肯。

念故园，忧夜永。劳苦涩，如行影。奈幽单琐屑，便成情梗。芳绪纵横千万缕，诽言围堵寻常景。愁似水，襟抱渐如斯，悠悠岭。

2018 年 1 月 4 日忆题于新疆大学

满江红·中秋

十五张灯，烧烛泪、玉空星缀。应习俗、芯花灵烁，热炊蒸荚。僻壤静聆红炮响，素村欣喜中秋节。于今夜，结伴走年嘉，同圆缺。

草溪畔，风凛洌。炉火旺，乡愁叠。拥凉衾漫笔，寄怀殷切。岁月此时非静好，乡间路上无明辙。将五更，鸡叫破窗棂，寒烟噎。

2018 年 1 月 7 日忆题于新疆大学

满江红·寒露

寒露秋波，收获季、一川黄绿。行数里、晓携残月，落霞归促。四季可堪田垄地，三秋最是丰登谷。实难得，僻壤朗云开，仓粮足。

魏家岭，荒丘秃。沟壑处，犁边副。洒辛勤汗水，换来恩禄。且任西风吹苦涩，哪知他日天涯逐。月下笛，旷远诉悠悠，乡愁曲。

2018 年 1 月 8 日忆题于新疆大学

满江红·纪年

福寿青云，邀过客，今夕奉酬。甘霖降、天公巧作，玉宇深眸。烟柳依风穷日袤，梧桐问雨几时休？品芳茗、信手《满江红》，笔吐忧。

孜煎病，仍缠纠。身如许，苦淹留。祝珊珊远致，顺事春秋。一幅寒梅衔冷月，三墙书垒韵清流。忆前尘，庸碌度荒凉，何所求？

2019 年 6 月 29 日酉时于梧轩

满江红·无题

水际沧浪,凝望远,波连海筹。回转去,萍飘觅觅,勿问端由。桥上车驰知去向,空中劳雁岂甘休。我疑然,情致泛思澜,乐与忧。

清平世,好应酬!铅华梦,已难留。愿此生丹抱,一曲千秋。山阙巍巍迎日月,青云款款送潮流。待未来,物境化灵犀,闲泛舟。

2019 年 6 月 29 日酉时于衍水桥头

满江红·西域变迁

七十年间,山河志,地涯西北。曾记得、九荒穷垒,野蒿沙砾。大漠驼铃商旅怨,民墟土鼓苍生泣。逢礼拜,即诵《古兰经》,犹恩泽。

新中国,施政德。金戈马,昆仑魄。誓开疆引水,垦田丰硕。玉宇莽原星漫野,锦楼华阙霓虹陌。请八方,瑞雪致天山,迎尊客。

2019 年 7 月 1 日于梧轩

满江红·夜问

寂夜阑珊,思横纵,偶然三问。瑜妒亮、最难知己,各由忠耿。万里江山英烈血,千秋伟业君王政。灵与肉,同筑一凡身,天酬命。

论对错,何必整。人济济,争权柄。度烟尘一世,太平风景。利禄徐徐贪得意,浮华垒垒虚荣病。到如今,后继尚余踪,谁之影?

2019年7月2日凌晨于梧轩

满江红·开学辞

八月秋分,天垂瑞,碧梧恭引。还记得、紫梅厅试,脑机神损。昔日熏劳尘浊碎,今时执着冰清润。且勤勉,求索扣轩门,寻真本。

学之道,应笃信。言不苟,究疑问。冀书香岁月,赫然三进。楼外喧嚣歌与乐,灯前泰定辞和韵。之所为,偏爱结芳襟,而高峻。

2019年秋分于本溪梧桐佳丽

满江红·这一年

庚子年间，身瘅弱，病来缠弄。铅泪洒，寂清萧宅，悯身谁共。冰冷无情催病体，暖阳柔爱知吾痛。因惜命，仰望祈天穹，康安奉！

已岁暮，烦恼拥。然纠结，云霄梦。对而来后顾，郁怀难纵。世事遵规难臆测，人文礼遇哪堪控。黄昏路，勿忘守初心，皆珍重。

2020 年末于梧桐佳丽

满江红·陈情令

拓笔开轩，陈情令，如云落雪。归念处，未名乡域，泊尘而烨。文苑烦嚣通俗道，舍间墨海盈襟血。江山韵，扰攘正纷纷，辞庸绝！

风斜雨，云蔽月。唯赤子，肝肠热。叹经年百事，望中惆彻。衍水悠悠流转曲，梧桐脉脉乾坤阕。思漫漫，情至草抒题，难安歇。

2020 年末于梧桐佳丽

满江红·落叶

怅感凋零,因秋暮,不堪身价。君可见、败枯漂泊,避霜烟瓦。厚绿拥枝摇浪漫,薄青浮艳争优雅。然往矣,千里客缠绵,寒尘夜。

归故里,燃烛炧。怜老树,仙魂化。叹银丝绾鬓,且思亲寡。辛瘁一生心苦楚,牢骚百恨人虚假。为安好,落叶向何方?东篱下。

2020 年末于紫梅厅

满江红·道理

问道于心,开明域,悟其渊伟。修尚者,臆通三境,了然尘事。道路迷茫终有道,理由太极为无理。施仁智,且试见清平,风云史。

众扰攘,浇块垒;言德义,虚庸子。慨艰征筚路,载辛承志。幻海烟舟争摆渡,生涯驿站逢悲喜。以所得,尽释任他人,赢天地。

2020 年末于梧桐佳丽

满江红·光

　　万象之光,仙灵绕,乾坤炳焕。生与本,日明霞耀,物华芳甸。千古江山宫庙在,春秋铁血京都变。仰天际,祥瑞洒流丹,非尘幻。

　　人立命,行路漫。修远矣,应何践?慨艰辛晚暮,寂怀星灿。火炬殷妍烧自己,烟花异彩飞琼散。纵我臆,气宇度苍茫,生之绚。

2021 年初于紫梅厅

满江红·送流年

　　送我流年,何以慰、青丝暮雪?曾记得,望溪山顶,激扬岁月。水载山承铭与志,霜僝雪僽灵和血。唯衿抱,浴火吐芳华,开眉结。

　　知识界,新生茁。开国运,风烟灭。看霞光万丈,浪淘时杰。瑞象凌空垂碧野,芳烟落夜环天阙。与时进,恭谨奉生涯,苍生列。

2020 年元月于紫梅厅

满江红·穿肠药

梦醒才然,嚣俗界,善稀仁薄。知所谓,道高魔丈,孰言对错。执念深疑缠毒蛊,痴情郁积消魂魄。妒生恨,苦爱自熬煎,穿肠药。

天地忍,空许诺。谁解剑,离尘恶?看精明导引,做人攻略。君子难为行本色,世心狂宕施浑浊。得悟者,悲悔织纵横,浇愁酌。

2021年1月于紫梅厅

满江红·雪魄

雪魄妖娆,天地秀,冷馨柔吻。然想起,塞空冬朔,皓皑霜粉。万里客乡芳梦断,千辛世道身劳损。北风卷,彻骨傲刚寒,何之问!

今河畔,仍感奋;冰欲解,听流韵。是天怜惜爱,度心清敏。向意迢迢云气里,归情隐隐留痕蕴。佳丽地,雪月紫芳屏,梅花引。

2021年正月初五于紫梅厅

满江红·落雪

轻巧玲珑,从上命,九霄而下。非富贵,圣姿飞舞,向尘挥洒。至爱流华佳丽地,归怀尽瘁梧桐夜。莫不是,决志在东乡,邀风雅。

寒凝彻,冰砌冶。然着意,春秋夏。问诸君可晓,瑞云光驾!淡泊清妍何所畏,静宁明哲无声价。来又去,别有这根芽,仙魂化。

2021 年 1 月 16 日雪后于紫梅厅

满江红·春雪

峭冷翩翩,凌羽落,皎妍堆叠。寒日尽,暖阳召至,望溪残雪。尚使纷纷清世境,坤灵坦坦滋芳苴。质本纯,惠润悄无声,流连月。

驾祥瑞,于凛冽。春欲纵,寒香歇。那天尊法道,自然开物。气象怡和兴未已,冰霜淡却仍情切。惜曾经,风雨六花归,当离别。

2021 年 1 月 19 日于紫梅厅

满江红·赠由砾

残雪沉冰，冬将尽，感时尘着。凌绝顶，夕阳斜挂，遍听归雀。些许闲愁空悯叹，不如嗟憾真情薄。奈时节，冷艳渐消融，风光落。

霜遗地，云遣作。滋下土，于阡陌。唤东风拂荡，盎然城郭。谁教凛严生恨怯，但知寒彻为梅约。破光阴，冷暖酿心期，应交错。

2021 年 1 月 20 日于紫梅厅

满江红·唤春

大国苍生，无忧戚，繁华物积。春节际，别开生面，贺亲挥笔。众志成城千万里，几番涂作寻常墨。享天下，井序靖安宁，清平日。

强国梦，增国力。民知晓，遵良策。愿山河永丽，吉祥生息。冰雪黯云非意外，东风正唤春城碧。伫高巅，翘首待樱花，芳云集。

2020 年正月初三于紫梅厅

满江红·等待

雪暮年垂,君知否、远人何若?千万里、半生来去,故乡边朔。大漠孤鸿云缥缈,小楼佳丽人清酌。冀相逢,等待又茫然,嗟寥寞。

难忘却,河堤约。龙柳下,纯真乐。奈山乡令下,即为天各。后有情枷衔苦痛,再无钟爱而欢薄。憾当初,不解少年郎,青春错。

2020年1月23日于紫梅厅

满江红·温暖

除夕清宁,烟火烁,独吾寥落。亲念远,病身无奈,几多离索?彩电高歌锣鼓烈,中华热血盘龙魄。闹新春,微信致安康,频斟酌。

家与国,同脉络。皆赤胆,豪而卓。有亲朋问候,谨恭情诺。老友言辞皆慰我,师生互勉谈词作。待时日,汇笔《满江红》,彰轩鹤。

2020年1月28日于紫梅厅

满江红·悼故人

初识边城，天则定，情钟慕雪。三思过，决然千里，清风霁月。禀赋衿才空寄国，品端书气清高骨。辗转来，西北望江东，悲秋叶。

清华园，骄子列。留大漠，尊师杰。叹波澜几度，苦煎华发。孤盏自怜人不在，挽歌谁唱生离别。君去也，回首甚思迁，伤心咽。

2020 年 5 月 4 日于紫梅厅

满江红·河畔随笔

河畔芳春，波写意，碧流风绪。千念涌，不禁酸泪，似因怀故。触目雕楼将进酒，展眉丽巘逍遥旅。问世间，家国奈何斯，忧如许？

人设地，天作序。空怅望，光阴去。看桥溪恨水，落萍飘絮。泊寄无声非静好，江湖浪剑惊澜舞。陌上花，春夏又秋冬，多情暮。

2021 年 4 月 19 日于紫梅厅

满江红·冰与火

酷热焚芳,升霄魄,涅槃云瑞。冰与火,各依灵性,自当情契。烈焰霞烽为尚命,冷凝气海承天意。恐炼狱,鼎盛惧高寒,苍茫地。

夏花绚,冬雪魅。呈丽景,如知己。对红尘冷暖,几分心悸。冰火相宜无极境,仙神相惜乾坤里。尘俗间,世态任炎凉,嗟而已。

2021 年 4 月 23 日于紫梅厅

满江红·听雨

灵雨陶春,敲清韵,东风吻柳。争奈我,饮孤斟寂,问君知否?尔在幽泉堪静好,我于尘世多僝僽。荡离绪,自遣忆从前,真难受。

天滴泪,悲邂逅。花月下,闻香秀。看云遮黯眼,指求星宿。似水年华浑不在,如歌岁月仍依旧。多情暮,最是恨情衷,空厮守。

2021 年 4 月 25 日夜于紫梅厅

满江红·稻花香

天地悲歌,垂泪雨,袁公去也。嗟敬仰,一生襟抱,种田神话。鬓影霜丝知路漫,置身风骨行华夏。携日月,万里稻花香,劳辛者。

民以食,谈得舍,非忘我,何天下!看丰饶泽降,福临邦社。哀失谪仙飞玉宇,恸留英魄环乡野。比大禹,水利与粮仓,同辉洒。

2021 年 5 月 23 日泪笔于紫梅厅

【背景】

2021 年 5 月 22 日,湖南长沙阴雨连绵,"杂交水稻之父"袁隆平先生辞世,天地同悲。他造福万民,神一般滞留于世间 91 年,其丰功伟绩将永载史册,万古流芳!

我深知,科学探索之路是多么艰辛,血肉之躯必须驻着一颗钢铁般的灵魂,袁先生就是这样的人。

今天故乡本溪也阴雨绵绵。经过一夜的思考,我不想悲天悯人似的趁势将词张扬于名场,只想由衷地送别袁公,您一路走好!

满江红·元旦

落雪流年，寒尘梦，冰霜写意。残夜尽，且行将望，贰零贰贰。笑老不堪横指剑，清襟尚可凝思砌。君漫问，家国几多愁，江河水。

除疫病，天下志。流量热，沽名戏。盼高门耿耿，浩然其里。华发念归乡客日，珊耶来去风骚地。到如今，俯仰这乾坤，皆而已。

2022 年元旦凌晨于紫梅厅

满江红·挽纪

衍水流渐，怜玉碎，静听灵韵。凝太子，别溪时久，让人悲悯。过客相逢投契饮，胞亲依次流水恨。生可鉴，逝者即斯夫，冰消殒。

三月雪，寒食近，因父母，思牵引。叹今谁可倚，苦辛哀隐。顺耳千言缘分好，逆听几句恩心泯。人已西，灵识各通途，无须问。

2022 年 3 月 28 日于本溪

满江红·芳菲泪

　　小雨斑斑，芳菲泪，梧桐晚暮。轻素发，浅眉寒鬓，切思南浦。泊居从容迁北海，故乡非是流连处。纵心绪，我欲独悠哉，辞辛苦。

　　别旧迹，愁千缕。无所恋，离乡土。念襟怀使命，怎能辜负？秋色朦胧忧病疾，秋风霁月吟歌赋。一日日，等待核酸停，匆匆去。

2022 年 9 月 10 日于本溪

满江红·碎语

　　苦乐劳生，而百感，莫名忙碌。公允退、准身归隐，故乡清读。素面沧桑辛苦涩，文坛笔畅松梅竹。然所见，多是弄虚华，争荣禄。

　　谁不爱，颜如玉？谁不喜，黄金屋？这琳琅幻海，枉为张目。得意高喧肝胆照，等闲低调儿孙福。到坊间，一代古稀翁，谈资足。

2023 年 2 月 16 日于北海

满江红·悠悠者

踏浪流沙，惊涛逐，碧波潇洒。谋远旅、未知前路，且行单寡。万里忧伤漂泊日，百年愁悴孤眠夜。惜岁暮，何处可安闲？悠悠者。

南或北，匆匆也。浑不是，神怡舍。拟心灵归宿，境嘉兰榭。试道天涯观海秀，哪知湿地闻芳雅。正得意，疲惫不堪乎？休狂野！

2023 年 2 月 20 日于北海

满江红·观江海

晓对轩窗，迎日出，碧空云拜。环湿地、绿湾红树，拂香衔彩。辞别故乡酸腹内，尔来恒大嚣尘外。较南北，何似此神怡？观江海。

太极水，如粉黛。弯媚眼，撩彰泰。那琼澜耀目，蜃楼波载。可谓天涯寻好梦，哪知梦里多无奈。江桥上，来去我行单，嗟伤慨。

2023 年 2 月 17 日于北海

满江红·问海潮

　　浩荡奔澜,千古秀,莲涛雪屋。侨港处,闷怀穷饮,不胜翻腹。夜雨春宵愁绪涨,晓风秋鬓闻歌熟。想当年,东海共潮声,齐增速。

　　芳华退,今归俗。贪懒念,堆闲肉。奈基因本色,浊流非属。欲把颓颜留旧识,转将残墨成新曲。堤岸上,我自笑人间,风中烛。

2023 年 2 月 21 日于北海

满江红·忆少年

　　故里溪湖,春泽日,相邀柳绿。温往昔,少年方寸,志高和曲。此后三人离别久,仍留一片丹青竹。光阴转,彼此本无常,些酸俗。

　　花不败,芳蕚熟。人不再,悲盈目。若来生巧遇,挑灯添烛。已去风华还入梦,老来安坦轻装束。圆又缺,不过寂思迁,今知足。

2023 年 2 月 21 日于北海

满江红·泻训

负我劳辛，滋生怨，着然情薄。虽疲累、习研之乐，绝非难作。记得当初离别际，还留日后梧桐约。誓旦旦、共勉且由衷，先承诺。

天可见，清与浊。凭什么，勤兴学。奈心中信仰，赤诚求索。拜教窗间依耳畔，弃师门外心思各。莫不是、烧脑有兰章，今非昨。

2023 年 2 月 22 日于北海

满江红·诗翁

一代名师，年向百，坦怀张翊。由氏族，举家风范，慕之言极。校长担当辛瘁事，师生日里争朝夕。憾二中，鼎盛似飞梭，光阴急。

那时许，兴文墨。开瑞脑，诗成集。得诗翁引教，慕心无比。三尺讲台留背影，一张书桌乾坤笔。几十载，嗜学并传承，人高德。

2023 年 2 月 23 日于北海

满江红·怅天角

万里之行,霜烟滚,寄情天角。无名冷,泪眸凝望,与之相约。西北天山冰雪客,本溪佳丽伤离酌。鸿鹄梦,双翼向云天,飞瑶阁。

人莫测,非前诺;深城府,施攻略。对从容恳伴,刻言酸恶。百感忧思情未尽,千番苦楚心难托。悔邂逅,默默任消颓,谁之错?

2023 年 2 月 23 日于北海

满江红·知否

对酒当歌,悲白发,襟怀激越。将进酒、醉眸含笑,一腔不屑。世事随波烟浪里,我身云水尘音绝。古来稀,愤俗肯陈词,情之切。

君不见,良善缺。君不见,虚荣烈。奈红楼绿阁,馔羞饕餮。教育沧桑时尚热,文坛乐得谈风月。正气歌,精博有谁堪?言悲咽。

2023 年 2 月 24 日于北海

满江红·江山无限

　　北国风光，人所见，史无前例。尤慨感、大河上下，壮图辽阔。百姓忧思多乐业，江山窈窕凭谁说。纵横治，净海望延绵，云和月。

　　风骚客，抒情结，留笔墨，呕心血。恐丹青力作，也无超越。佑护清嘉留万世，苟行黷损遭千灭。痛而今，风骨渐掩埋，良知缺。

2023 年 2 月 25 日于北海

满江红·封印

　　铁碗年年，为国策，惠民嘉靖。初解放，万民衣食，必须仁政。社会安然唯结界，江山稳固都听令。久封印，日子简而贫，苶呆病。

　　改革后，开创性。时代变，争权柄。数风流人物，各行铭鼎。不想将来超越界，须知当下应清正。破封印，明智在襟谋，新规定。

2023 年 2 月 26 日于北海

满江红·别故乡

怅别桃仙，飞航急，莫名难受。无以盼、即临恒大，落年南走。谨记梧桐佳丽事，须将正韵轩窗守。托由砅，勿问可心安，留身后。

观江海，云宽宥。风景地，天恩厚。叹珊耶千里，锦怀东叩。不是伤心悲别去，而因情致平生苟。老依旧，听浪逐清流，余华秀。

2023 年 2 月 26 日于北海

满江红·怒怼

笔墨千行，然不尽，世心酸涩。争又是，雨僼风僁，琐才交迫。大气清襟如碧海，小人浊目翻红疾。本少遇，甚事俱无联，还生逼。

天可鉴，尔少德。君不理，吹牛客。笑生煎馅料，日包猜嫉。且看斯人仍旧貌，寒身野鹤于南国。勿恼怒，些许妒嗔人，言尖刻。

2023 年 2 月 27 日于北海

满江红·那一夜

晚幕垂空,将下课,朔天飞雪。寒瑟瑟,饿怀张望,冻眉霜睫。二路汽车因雪阻,八楼乘客声焦聒。十三站,徒步向家挪,归心切。

冬至夜,风凛冽。君可盼?温存节。奈迷蒙滑跌,未能停歇。两手沉提迎冷漠,双眸滴泪撕心裂。如度劫,懊恼与尖酸,何人说。

2023 年 2 月 27 日于北海

满江红·江湖

仗笔天涯,非名博,自行风骨。游幻海,切身随感,泛言丑聒。市井江湖谁惬意,红尘众里难英杰。据往昔,凡事有身心,平安活。

风烟起,龙虎崛。争斗狠,须明哲。若心思坦荡,必遭人设。万水流沙淘不尽,千山望月知音缺。漂泊客,何惧朔风飙,关山越。

2023 年 3 月 1 日于北海

满江红·春无极

万里迢迢，于北海，似乎鸿逸。君未见，别前愁悴，怎生朝夕？度我劳途方转念，又将拿起修行笔。老来此，清境好心期，春无极。

风彻彻，思脉脉。观浪击，闻涛律。望悠悠大海，撼心摇魄。四处花繁香艳气，一江红树湾流碧。也许是，天马正珊珊，寻芳迹！

2023 年 3 月 1 日于北海

满江红·余华

试下尘劳，寻几友，嘲风弄月。然执念，世心依旧，怎堪人设。永日樽前喷怨语，黄昏酒后悲忧饕。如是想，立命福身轻，无量佛。

天易感，风凋叶。休假日，情人节。那沧桑岁暮，也须生活。千面红尘欢乐颂，百年多病伤心咽。说过客，来去总无期，终须别。

2023 年 3 月 2 日于北海

满江红·怅九霄

雪墨残灯，寒宵尽，月华未吐。芳树畔，水流花谢，竟盈凋绪。鬓雪轩轩仍不屑，丹怀款款承凌雨。已非昔，怅望九霄云，余华苦。

因追梦，痴情赋。多少事，艰辛度。任风吹浪急，怆然无主。万水千山依旧在，一番心血烟尘去。切悲兮，纸墨变灰飞，苍天取。

2023 年 3 月 3 日于北海

满江红·追往事

碧雪风飙，幽寒裹，相逢悌穆。凝俊眼，瘦生风度，秉谈渐熟。博识才情君卓见，温存着意之征服。信彼此，琴瑟可交鸣，同恭祝。

谢天赐，鸳鸯屋。开音响，田园曲。畅情思向远，所求追逐。世路艰辛多苦乐，人生得意唯婚烛。勿山盟，海誓亦虚言，非尘俗。

2023 年 3 月 3 日于北海

满江红·悯生

天地无情,将万物,视为刍狗。人不义,善于叨扰,互为心垢。原本命光无限好,甚期尘世人长守。如来掌,翻覆倒乾坤,谁宽宥?

问道法,君知否?天下事,仁为厚。憾生生不息,竞争之口。灵识被封私欲纵,情思放浪无量寿。拜观音,惜悯我苍生,开良诱。

2023 年 3 月 4 日于北海

满江红·勿忘我

伫立黄昏,烟霞里,一株芳草。轻折取,紫妍迷媚,禀姿窈窕。情致温存凝意绪,殷勤示爱心思巧。几相逢,昵近似天机,倾谈笑。

高岗上,观音庙,行叩礼,谁知晓?愿千山万水,勿相忘掉。才子清风明月夜,佳人恬淡晨光早。怎料想,别梦到天山?云烟缈。

2023 年 3 月 4 日于北海

满江红·万世何来

万世何来，因以是，仰弘穹宙。盘古谓，鸿蒙初辟，至尊明佑。昊碧悠悠无极境，坤灵念念祥安宥。对天问，可晓万民中，繁华秀。

红尘事，销魂酒。欢喜际，邀朋友。憾人间则甚，许多非苟。天道宣宣多不许，仙凝片片风雷骤。唯圣者，无所去归来，君能否？

2023 年 3 月 4 日于北海

满江红·苍生记

理则分明，迷霾散，悯生开觉。人苦度，尚行良念，慧明和乐。生活坎坎多怨慨，襟怀朗朗仁慈魄。惜相识，法道普天知，唯王略。

同路者，非枉却；期许事，尊承诺。若心怀别样，必将行错。世道关联为善举，光阴易去孜勤学。苍生愿，世代有非凡，儿超卓。

2023 年 3 月 5 日于北海

满江红·杏花寒食

杨柳青青，斜微雨，杏花寒食。千里远，向东三叩，缅怀迢递。父母安眠长静好，家兄亦去黄泉睡。望故乡，何奈冢清萧，凄凉地。

春无极，思不已。兰草发，芬芳气。怅恩亲不在，黯然垂涕。廊下湖边观月影，花前树陌摇新翠。无所依，寂寞苦伤春，清明祭。

2023 年 4 月 5 日于北海

满江红·银滩

烟浪狂飙，银滩上，细沙银白。今北海，盛情彰显，窈悠水脉。龙浪层层推坻岸，波光款款迎尊客。戏踏波，人与海澜声，和涛律。

长十里，平沙泽。风疏旷，流连碧。对清嘉慨感，惬摇心魄。磅礴浩然天下识，渊源荡气今时惜。这世间，景福慰民生，谁开辟？

2023 年 3 月 6 日于北海

满江红·伤春辞

日下黄昏,愁千丈,闷怀无那。烦自扰,惜春将去,艳芳盈夏。叶泪伤离烟雨日,音尘别绪婵娟夜。空伫立,迢递祭亲恩,思乡也。

今远僻,年不假。追过往,难休舍。看银沙海浪,荡滔狂野。我欲乘风归故里,却因牵念均凋谢。闲对月,与我肯清谈,寒光泻。

2023 年 3 月 18 日于北海

满江红·二层楼上

昊海梧桐,夫子地,二层楼上。三尺桌,释怀今草,逸尘凝望。衷赤遥思筹未已,清襟试对依光向。斜阳下,几笔写黄昏,烟霞赏。

金樽酌,听海浪。天地厚,何其仰!历人间旷世,济才恭享。大庇寒门芳草路,追随德哲心无恙。纵夜色,静寂掩梧桐,高轩朗。

2023 年 3 月 18 日于北海

满江红·春问

　　月倚清宵,三更醒,峭寒柔吻。争奈是,夜凉如水,这般春问。红树拂香迎远客,翠楼观海飞霜鬓。尔何必,较劲对东风,心思隐。

　　龙浪约,涛声近。期许事,光阴允。算多情老迈,不堪衰损。绮陌温存仍眷恋,芳林颐养成恩悯。清和季,跃跃欲从之,方无恨。

2023年3月20日于北海

满江红·血性

　　道本彷徨,浑不似,正襟凋歇。人予世,壮怀家国,慨然情切。万里江山千古泪,一腔忧愤英雄血。皆不过,众望向言中,如明月。

　　倚牢壁,栏杆铁。谋底事,争权舌。欲为民立命,昊天人杰。赤子丹心先作俑,苍生碧野埋忠骨。谩说罪,百姓最心知,悲歌烈。

2023年3月20日于北海

满江红·拜月

禀赋英姿，君拜月，满怀憧憬。吾拜月，鬓丝如雪，一生相敬。春夏妙华开业绩，秋冬谨素斟清茗。活四季，何不作聪明！人康靖。

尘世梦，空对镜，身以命，形随影。憾将心错付，李家桃杏。天意弄人依所爱，俗规交迫邪风冷。莫烦恼，把酒自乾坤，求无病。

2023 年 3 月 20 日于北海

满江红·对海

海岸平沙，残照里，碧波神秀。鸥鹭及，远方来客，问涛安否？我约潮华迎日出，但留背影黄昏后。寂无主，旅居似从容，然难受。

东北日，冰雪骤。悲惜别，人消瘦。望天涯灵胥，九霄仁厚。试拟桃源求好梦，也图清境寻隆佑。兹对海，尔若觅知音，长相守。

2023 年 3 月 21 日于北海

满江红·望乡

残照余痕,和春信,怅然迢递。常北望,后湖香袅,念怀酸鼻。边总彼时言尚在,郭兄今际仍相庇。寒食近,寂寞念朋亲,悲流泪。

青山下,杨柳记,双座冢,无人祭。叹梧桐佳丽,也将门闭。衍水清清辞别去,斯人默默离乡梓。忆往昔,明月最情知,惘千里。

2023 年 3 月 22 日于北海

满江红·市井红尘

市井繁华,留恋处,文骚雅座。彰显地,达官饕餮,馔羞烟火。雪月多情迎送礼,风花惬意温柔坐。画廊里,慢步好时光,言犹可。

菜场上,争名播;天地骂,声音破。笑江湖道义,且凭人作。乱世争雄肝胆照,商街巧售嚣张货。看红尘,涌动似洪波,谁知我?

2023 年 3 月 22 日于北海

满江红·到北海

碧漫烟林,寻觅处,冯家江角。原本是,不堪寒冷,客乡温泊。世累呕心为使命,神劳沥血应辽卓。这北海,积秀毓襟灵,桃源廓。

今万里,人成各,将进酒,嗟寥寞。憾黄昏意绪,锦书难托。背井孜求身少病,他乡不负仍勤作。已岁暮,望海寄丹诚,邀闲鹤。

2023 年 3 月 22 日于北海

满江红·生日宴

晓月清风,吹酒醒,曲终人散。欢乐送,醉言相惜,泪盈花眼。阔别数年生日聚,便成老者联盟宴。时尚请,恭领赴风流,悠闲侃。

恰同学,年少伴;谈理想,何其叹!慨芳华已去,未能如愿。窈窕江山游旅热,养生品食高端款。独有我,笔墨释怀君,将书撰。

2023 年 3 月 23 日于北海

满江红·早市

旭日初升,人流沸,倾城采购。南到北,货声如浪,价清廉售。苟活本来无得失,心头却是疑能否!人之初,性善后翻澜,钱生垢。

好日子,无前后;看菜品,生鲜秀。若殷勤打理,累些都有。卖者欣然钱袋硕,买家乐得开怀走。百姓说,早市即江湖,风情够。

2023 年 3 月 23 日于北海

满江红·问月

素月分辉,星点点,日来相伴。尔可懂,世间祥运,苦心呼唤。不朽恩情皆领受,瞬间名利翻仇眼。尘土事,些许够宽容,人温暖。

看瑶阙,银河灿。唯织女,牛郎盼。望仙神厚泽,降临繁衍。环宇周天船上拜,大千世界君无限。苍生敢,一剑破光阴,风雷电!

2023 年 3 月 23 日于北海

满江红·广场舞

老者妖娆，听音响，便邀佳偶。时尚舞，画眉施粉，艳姿开秀。满眼春光因我在，芳心劲步频回首。中国风，可以遍全球，谁成就？

新时代，歌舞酒；寻乐业，求长寿。把曾经苦涩，化为乌有。肤浅文明无所谓，博深传统君知否？尊声老，风骨与清欢，同相守。

2023 年 3 月 24 日于北海

满江红·乡客

人在边涯，思虑远，寂寥将息。方寸地，裹衣宵寐，小虫相逼。几度离乡多碌累，七分难舍三分必。春寒夜，风吼送乡音，来南国。

江和海，流合律。酣梦里，非凡笔。泻丹怀慨叹，咏吟今夕。老迈不堪追往事，故人多是遥无迹。九霄云，暮色满江红，蒙恩泽。

2023 年 3 月 25 日于北海

满江红·微尘

一粒微尘,风拂起,恰飞花圃。留此地,舍身恩报,博园宾主。万艳芬芳香谢礼,百花根下为泥土。滋养者,不屑在其中,谁关注?

风又及,掀海怒;随浪急,翻波吐。与楼船向岸,苟行他路。本就卑微无所倚,方将大用连辛苦。我为材,势必有玄机,擎天柱。

2023 年 3 月 25 日于北海

满江红·听涛

海角凌波,淘不尽,远人思赋。烟浪猛,俨然交响,激扬豪绪。沧海大鱼闻傲戏,世间烟火升歌舞。人与海,共勉地球村,遵开务。

天有道,风云雨。临海域,千年虑。望惊澜试问,岂容狂旅?万类生灵均可待,百忧环境听哀语。这世界,天地海无疆,慈悲举。

2023 年 3 月 25 日于北海

满江红·绿皮车

五十年前，回城日，火车鸣送。轮乍起，茶然呆愣，忆思飞纵。四载野村辛苦累，三秋夜里归家梦。绿皮车，旗帜向山乡，高歌颂。

初犁地，如龙凤。书里字，哪堪种？笑囊中羞涩，忍饥吹弄。颗颗红心终向党，腔腔热血如泉涌。勿问我，大志在何方，心中痛。

2023 年 3 月 25 日于北海

满江红·致一凡

笔墨三仪，高趣者，一凡如是。还陌面，切磋文字，谨书相识。萍水相逢言不尽，青山未老心何止。古来稀，咫尺又安知？人千里。

送词集，征友意；因习问，方无比。算文坛巧遇，俊才彬蔚。款款思维春宴酌，绵绵意绪秋莲醉。黄昏路，杨柳月朦胧，烟云瑞。

2023 年 3 月 25 日于北海

满江红·缅怀张香山先哲

敬缅香山,清明近,珊耶谨祭。生记史,忆人投笔,国臣智士。中日往来为主友,外交宾客皆扬励。风云榜,赫赫我中华,尊荣仕。

旧时代,求真理;留学起,怀丹志。把身心俱献,为民无悔。往昔先人才哲绪,今时后辈乾坤意。唯赤子,家国寄深情,英魂慰。

2023 年 3 月 25 日于北海

满江红·自嘲

泊客须臾,羞说起,一生庸碌。多少事,并非从意,饮辛吞苦。势利卑微刚骨硬,权钱些许穷酸股。不入格,谨慎觅清流,疑无路。

知青野,难开务;勤学业,凌云步。奈芳华过后,寂寥无主。日里书香为恳伴,舍间豪释频题赋。今寄宿,北海问烟霞,知何许?

2023 年 3 月 26 日于北海

满江红·夜思

剪水天风，寒侵骨，薄衾无那。难寐夜，得知区府，雪封楼舍。北海芬芳于是处，新疆白雪环辽野。因经纬，道法自然兮，如天马。

常想起，丁香下；逃晚课，人潇洒。恰同侪年少，惜春昭夏。青壮风流无所忌，老来惆怅悠然假。皆隐隐，别有后音听，随风耍。

2023 年 3 月 26 日于北海

满江红·理想

理想如如，灵识裂，开蒙引路。光万丈，赫炎昭彻，壮行无数。丽实目标生底气，坚明落磊经风雨。理想者，志向与精神，凌霄宇。

有先哲，垂千古；烽火浴，身心与。为人民服务，破除前阻。万里长征留史册，百年家国忧难吐。素而朗，襟抱以恒之，乾坤赋。

2023 年 3 月 26 日于北海

满江红·春秋梦

惜问春光，匆匆甚？往来天轨。时运好，且将承受，吉祥云瑞。仙女散花飞世宇，凡生衍化芬芳蕊。公主病，携雨唤风行，真如意。

封神令，高翔翅，骑白鹤，飞容易。突冲天落地，殒身魂溃。宿命修行才入境，娇生枉作非天理。做梦去，马疾失前蹄，刚开始。

2023 年 3 月 30 日于北海

满江红·霓裳雪

雪织霓裳，除夕夜，皓妍飙酷。言不尽，壮怀千里，万疆丰禄。敢问今时霜戏宇，可知明日滋芳漉？冬又春，日月炳何其，人欢睦。

庆佳节，除疫毒。堆白雪，颜如玉。看洋洋洒洒，羽衣清淑。切意瑶池垂吉瑞，须知众世兴民俗。升歌舞，喜乐朔风吹，身沾福。

2022 年除夕于本溪

满江红·迟暮

斑鬓苶眸,昏冉冉,我于迟暮。春又夏,盎然英发,志图高树。所及风云仍砥砺,可知僝僽如寒雾。一转念,忧怯这些年,今何苦!

山依旧,冰雪路;人不再,登临步。憾珊珊后累,有谁堪悟?命里情澜难得舍,心中理想还常驻。惜黯泪,体态不为兮,如飞絮。

2023 年 4 月 5 日于北海

满江红·忆佳丽

柳外清风,楼中月,冰姿背影。佳丽地,夏花秋水,各呈风景。雪鬓垂情经典屋,轩门向意开灵境。梧桐树,九凤紫梅厅,皆憧憬。

东风破,应师请;尊信仰,行严令。冀精纯赫焕,雅人斐炳。衍水㳽流时尚客,青云缥缈非桃杏。小轩窗,六载不寻常,高悬镜。

2023 年 4 月 10 日于北海

54

满江红·悲离骚

　　一纸离骚，灵均①魄，惘然含道②。其内美③，怯将④迟暮，甚如⑤衰草。日月忽其⑥天象换，春秋代序⑦君恩诏。正则⑧恨，抚壮⑨未驱污⑩，而悲拷⑪。

　　楚之路，无光耀。荃⑫信谄，斯忧懊。指苍天为正，忍之丹抱。此即灵修⑬之故也，固知⑭明法⑮方裁掉。苟余情⑯，姱信⑰以精纯⑱，仍刚傲！

2023 年 4 月 4 日于北海

【注释】

　　①灵均：屈原字。②含道：怀藏正道；抱有主张。③其内美：屈原有很多内在的美德。④怯将：顾虑将要到晚年。⑤甚如：很像这衰草。⑥日月忽其：日月交替。⑦春秋代序：时光交替。⑧正则：屈原。⑨抚壮：趁着壮年。⑩未驱污：未驱除朝中的污秽。⑪悲拷：悲痛得拷问自己。⑫荃：执政者；君王。⑬灵修：指君主。⑭固知：明明知道。⑮明法：正确的法度。⑯苟余情：只要清操还在。⑰姱信：美好赞誉。⑱以精纯：以至精纯如一。

满江红·招魂

正则①魂兮,归来也,古今传祭。惟②楚国,九清③廉洁④,好修嘉德⑤。身践正行而未沫⑥,牵于世俗而芜秽⑦。愤不平,谣诼⑧损其名,何仁义?

斯爱国,横遭毁;汨罗水,奔流泪。冀泱泱华夏,永恒殷礼⑨。君去九霄逢上祖,告知尘世皆而已。携日月,环宇慰苍生,恩天地。

2023年4月5日清明祭

【注释】

①正则:屈原之名。②惟:想,思念。③九清:九天。④廉洁:高洁无私。⑤好修嘉德:重视美德修养。⑥未沫:不曾休止。⑦芜秽:横加秽名。⑧谣诼:造谣诽谤。⑨殷礼:盛大的祭礼。

【背景】

天地万灵咏先哲,九霄云上笑红尘。

满江红·春夜小酌

仙去匆匆，三年矣，念君依旧。寒月下，自斟菲酌，不为春瘦。恨别故人情未尽，可知垂老心难朽。惆伫立，寂夜忆无央，空孱偬。

沾衿涕，三醁酒；还记得，西窗柳。纵思澜笔草，拙题知否？已断怨怀音信绝，而生寄语黄昏后。天界里，玉兔桂花香，姮娥候。

2023 年 4 月 8 日于北海悼陈先生

满江红·得了

草草人生，尘土梦，樽前醉了。高喝态，妄为思索，有些悟了。青壮不知图锦绣，老来才觉真穷了。不忙活，富贵在何时？晕乎了。

大锅饭，都闲了。时代变，人精了。趁农商改制，审时明了。社稷从流无复返，苍生过客情难了。莫较劲，归去勿来兮，嗟空了。

2023 年 4 月 11 日于北海

满江红·今夕何兮

　　弱水三千，淘不去，谪仙风骨。今夕又，醉中言荡，世间饕餮。两鬓霜丝仍独傲，三更紫气驱蚊蛭。酒未醒，竟试作聪明，情商缺。

　　劫尘语，都关切；心事以，方纠结。恐梧轩日后，恶风吹灭。家国寄怀经典作，贫师导引清辞阕。已夜阑，此夕怅何兮，微微咽！

2023 年 4 月 12 日于北海

满江红·活着

　　市井喧嚣，烟火气，尘劳活着。纷扰扰，百忙朝夕，甚知苦乐。辛辣寻常多品味，甜酸百魅非良药。习于俗，命路有高低，堪沟壑。

　　如来佛，莲花阁；尔可鉴，红尘错！惜光阴转瞬，几经离索。天地无涯生苦乐，江河不尽流愁魄。冀来世，自在隐山林，花间酌。

2023 年 4 月 12 日于北海

满江红·芳草恨

碧野天涯，萋漫漫，风嘶传恨。芳淡淡，草根含怨，世人无问！亘古流连枯又冉，往来行踏谁悲悯！年一年，卧雪任霜欺，温存忍。

天地命，唯雨润；然不屑，槐椿槿。幸飞鸿旧识，晓之真本。雅苑楼台灵植处，芳菲画阁涂青峻。细思量，从未博声名，寒身隐。

2023 年 4 月 14 日于北海

满江红·挽念朋友

语涩苍华，无多少，知音约请。然记得，望溪山路，翠湖身影。侃侃然然春极绪，潇潇洒洒秋题韵。争聊那，岁月送芳龄，辛酸境。

归故里，佳丽静；心寂落，亲情冷。幸当年校友，谨言谦赠。惨惨凄凄悲祭日，殷殷切切思清醒。今尔去，快意广寒宫，仙人敬。

2023 年 4 月 15 日于北海悼老边

满江红·角落

北海银滩，长十里，版图之角。名鹊起，白沙柔玉，净无尘浊。今日热搜为尚旅，清风旖旎飞云鹤。千万客，碧水戏龙波，狂欢乐。

逢丽日，珍馐酌；遥望去，天涯绰。幸归途路近，可堪行脚。昊海梧桐清寂隅，二层楼上依心诺。喜小区，静谧气芳香，如兰若。

2023 年 4 月 15 日于北海

满江红·分享

寂寞轻孤，然自主，悠哉享受。来北海，苦无心契，慎行不苟。恒大林间闲慢步，名都花下观香秀。午小憩，遥念倚飘窗，黄昏后。

翻前事，因某某；人不再，春依旧。憾残秋岁暮，孰于相守！懂我无须酸语刻，问君何必匆忙走！惜交错，至此又阴阳，平安否？

2023 年 4 月 16 日于北海悼故人

满江红·落红

一地残红,无情恨,绿荫清梦。风拟逐,碧苔凝衬,落花相共。休说露珠仙女泪,不如芳魄真情奉。悲春瘦,苦雨驾东风,些惶恐。

天垂酹,恩亲冢;翻念起,乡愁涌。望星稀月半,伫思飞纵。世上偏亲无不怨,昔年错爱穿心痛。理不清,着意惜家们,何人懂。

2023 年 4 月 16 日于北海

满江红·恨海

恨海横波,千般弄,泼天之势。依浪引,烈风滔袭,万灵尘世。怨雨纷纷生息路,逆流滚滚从无止。古到今,恨水伴愁云,苍生泪。

观沧海,山河志;时序写,文明史。冀长江后浪,荡清前秽。国色轩昂环日月,世君气宇垂天地。尊法道,道法自然兮,乾坤理。

2023 年 4 月 18 日于北海

满江红·人世间

寓世劳劳,多碌碌,苍凉入骨。时务者,卓殊循业,俊才英杰。宿命平庸为俗役,寒身自问为何活?人世间,苦短也忧长,尘情烈。

争权柄,翻巧舌;谋上位,须人设。看江湖市井,乱行贪餮。日月忽其云雾绕,春秋代序山河血。缘不尽,众里且徜徨,襟灵热。

2023 年 4 月 19 日于北海

满江红·小路

绿陌斜阳,林荫碎,忘年身影。风丽爽,往来吾悦,寂然芜景。草木春深芳不妒,寸心幽致图清静。初相识,萍水亦清嘉,怜孤梗。

林荒处,烟树病;衔晚梦,思佳境。纵烟霞日下,落妍憧憬。平素知交虚拟好,人情礼遇温馨胜。华楼外,小路更欣宁,宜修省。

2023 年 4 月 22 日于北海

满江红·红尘引

　　一炷高香,红尘祭,云霄极境。谁创意,世间模样,我生直正。苦劫之中仍寄予,赤诚襟抱偏多病。苍天鉴,笃信守清贫,人情冷。

　　古来有,怜才命,何奈是,漂孤梗。任风僝雨僽,小心泥泞。回首古稀年不已,但从耳顺求禅静。岂由己,多事傍劳身,醍醐顶。

2023 年 5 月 1 日于北海

满江红·泊纪

　　昊海梧桐,芳林晓,风吹鬓雪。安枕处,寂楼清宇,可堪闲歇。说是养生凭自己,依然搏命呕心血。唯向念、襟志满江红,承风骨。

　　寒灯下,凝眉睫;兹咏叹,姮娥月。汝人间爱恋,又奔瑶阙。凝目惠思悲苦界,苍生欢合伤离别。烟火地,起舞酒杯干,飞歌烈。

2023 年 8 月 11 日于昊海梧桐

满江红·寒庚

　　雪墨寒庚,谋苦涩,泪盈丝血。嗟病体、任劳朝夕,怎堪羁屑。襟抱苍凉非静好,念思酸楚多伤别。望九霄、梦枕小轩窗,情难绝。

　　请天问,如来佛。依所恋,持清脱。憾孤芳寂落,世嚣凭说。百代清流忧不尽,千夫仰止言幽阔。一山高、一水又迢迢,超尘辙。

2023年8月10日于昊海梧桐

由砳

  由砳（女），笔名珊然，汉族，祖籍山东。本溪市作家协会会员，本溪市诗词学会会员。1967年出生于辽宁省本溪市。大专学历，现已退休。2017年开始跟随马希玲教授研习古体诗词。曾在网络上发表数篇古体诗词作品。

满江红·正韵之途

　　两代奇缘，何其幸，天成凤愿。兴教学、奉修承继，紫梅芳绽。禀粹灵明寻事本，善通精义研经典。从不疲、专注且倾忱，凌云巚。

　　著诗卷，正韵焕。丹抱赋，才情展。纵清襟脉脉，适时恢勉。三正理身行雅道，一生霄宇如鸿雁。向远方、碧海弄莲滔，琼楼现。

2021 年 8 月于本溪

【背景】

　　人的缘分真的很奇妙。我的恩师——珊耶先生，是我父亲的学生，和我二姐是同学，她们情同姐妹。2017 年秋，我拜师于珊耶先生门下，成为她的学生。这于我而言，意义非凡。先生带领我们承国粹，传经典，行雅道，展才情，抒襟怀。筑梦夕阳，紫梅绽放，正韵流芳。

满江红·生之绚烂

　　天际飞星,化烈焰,俄瞬命程。昙华绽、玉妍独秀,一现嗟惊。骸粉残芳仍璀璨,狂怀意尽也峥嵘。甚坦然、屈指数流年,还臆馨。

　　谁不想,炫一生。似松柏,永长青。慨牡丹焚骨,武后沽名。挥洒性真抛俗誉,风流玉艳傲娇情。觅芳踪,卓尔越千年,香魄凝。

2020 年 8 月初于本溪

【背景】

　　《生如夏花》为印度诗人戈尔泰《飞鸟集》中的第 82 首,寓意生命要像夏季的花朵般努力绽放,灿烂夺目;亦如流星,瞬间化作烈焰,划破苍穹,将美丽洒向人间;又如昙花,花期只有四小时,绽放出分外美丽的花朵:它们都在用生命证明价值。雁过留声,风过留痕,物犹如此,那么我的生命价值该如何体现?

满江红·感恩

大雪弥天，遮楼宇、迷茫冷漠。风和泪，满眸惆怅，百思交错。梦系银滩空寂阔，魂牵昊海唯鸿卓。心愁悴，万语汇情澜，书难托。

仍记得，中秋酌。从未忘，师生约。念迢迢千里，寄身孤泊。六载时光遵夙愿，梧轩雏凤精雕琢。紫梅厅、底气育根深，滋文魄。

2023 年 1 月 31 日于本溪

【背景】

漫天大雪，覆盖着群山，掩楼蔽宇。极目处，迷茫冷漠。倚窗凝望，任雪花扑打脸颊。寒风刺激着双眼，泪水轻轻滑下，怅怀漫卷，相思难托。心系银滩昊海，远在北海的恩师可安好？

仍记得，2017 年中秋珊耶先生宴请我们学子，并约定逐梦远方，继承和弘扬古诗词文化。六年的时光里，她培育我们费尽心血，拖着病弱的身体，治学授徒，不分昼夜。她遵守着自己的承诺，因材施教，精心雕琢。先生是我们的底气，带给我们鹤翔九天的勇气。

满江红·冰凌花

　　俏影仙姿，福寿草、金衣艳浓。春萌发，傲霜而立，寒峭陶镕。林海荷莲非借誉，民间百姓作加封。样非凡，弱小却顽强，身价红。

　　平肝火，明眼瞳。养心脉，治头疯。这野生小草，药效临峰。无意张扬尤显赫，向来低调作从容。笑寒冰、款款对春风，迎月朦。

2023 年 2 月 2 日题

【背景】

　　我从摄影师的电脑里，看到了一组冰凌花的照片，当时就很感动。冰凌花，在不同的地域有不同的名字，"福寿草"最贴近百姓的认知。它颜色金黄，色润香醇。它孕育于严冬，萌发于暮冬、早春。它破冰而出，仙姿娉婷，任冰凌熏陶浸染，被誉为"林海雪莲"。

满江红·未名

腊鼓催春，东风舞、喜庆泰平。今时夜、红灯彩秀，焰火纷呈。碧落银河星玉灿，锦楼城阙瑞华盈。好良辰、窈窕满人间，祥气萦。

民心振，时运兴。文宴聚，绿樽擎。话光辉岁月，盛世龙腾。秉笔漫思搜索句，佗心尽释泻豪情。五更阑、自语对晨窗，题未名。

2023 年 2 月 5 日题于本溪

【背景】

今年的元宵节格外热闹，大街小巷张灯结彩，霓虹闪烁，鞭炮齐鸣，焰火绚烂。蜡鼓催春，预示祥和安宁。如此良辰醉万户，看山城，月光如银，祥烟缭绕。

太平盛世民心振，国运昌隆。文人提笔抒胸臆，琼浆盈樽，对月诉深情。五更月色浅，晓色微光浓，自语对轩窗，话上元，题未名。

满江红·致敬

　　七十尊颜，难得见、讲台姿举。哪料想、理工学者，诗词妙语。学海烟波之敬仰，文坛细雨多倾慕。真性情、类似少机缘，遭谗妒。

　　佳丽地，梧轩主。陶冶梦，珊耶赋。拜先生所教，德行高处。晔晔兰芝清寂秀，苍苍翠竹常青树。冀来日、北海再高歌，红林舞。

2023年2月7日题于本溪

【背景】

　　已是古稀之人的恩师——珊耶先生，给人的感觉总是精神振作，情绪饱满，从她身上看不到颓废和衰老。很多人不会想到，她是一名桃李遍及天山南北的新疆大学理工科教授。儿时母亲对她说过的一句话——"你什么时候也能填写三百首词？"使得她在淡出大学讲堂后，把全部精力投入中国古诗词研习与创作，并先后出版了两本词集，分别是2015年11月由中国文联出版社出版的《马希玲词集》和2019年3月由团结出版社出版的《珊耶词轩》。

　　2017年仲秋，我和几个爱好古诗词的姐姐慕名拜师门下，誓要追随恩师学习中华古诗词。当时先生正准备永久离开家乡定居新疆。因为我们的到来，她放弃新疆优渥的生活条件留在故乡。她创建"正韵轩"古诗词研习珊耶私人工作室，给我们营造了一个静雅的学习环境。她引领我们步入神圣殿堂去感受中华古诗词的魅力。无奈的是，这个过程并非一帆风顺，我们每走一步都要承受无端的质疑和恶意诽谤，坎坷程度可以想象。原因很简单，无非是恩师的义举，让一些人自惭形秽，心里不平衡，故意抹黑罢了。然而，恩师并未把这些放在心上，依旧全心全意地投入教学和古诗词研习和创作之中，不分昼夜。这种锲而不舍的精神深深地感动和激励着我，为此填词一首《满江红》，献给我的恩师，致敬珊耶先生。

满江红·父亲

九九严君，单名翊、生为教治。仍记得，四方桃李，未功清退。愤世风云担道义，嚣尘雨雾开明慧。从来是，厚德与谦怀，仙公背。

恭孝在，亲恩惠。将百岁，仍灵瑞。著诗词版册，异常珍贵。把酒乾坤谈畅远，举杯家国言情寄。我泪祈，松鹤寿相随，求天赐。

2023 年 2 月 11 日于本溪

【背景】

家父由翊,今年已 98 周岁。北方人讲虚岁,所以也称"九九严君"。他 26 岁投身教育事业,厚德待人,谦怀律己,人品可贵。一生专注于教书育人,桃李天下。可惜功名未成,只因不喜投机钻营,随后便急流勇退了。在那特殊的年代也曾遭遇不平,但他深知正道沧桑。当疾风骤雨袭来,他淡然处之,从容面对。

作为他的女儿,我深知最大的孝顺是陪伴。父亲酷爱古诗词,曾自费印刷诗词版册《枫叶》——它对我而言,异常珍贵。父亲每每端起酒杯,便回忆过去,话题开阔。他忧国忧民,歌颂时代。我满含热泪对天祈祷,愿父亲蒙上苍赐福,健康长寿,年年岁岁。

满江红·省醒

半世蹉跎,混沌过,不明牵诱。轻弃学,执迷闲趣,不知良莠。涉世未深然自大,染尘出浅而顽谬。今回省,可笑亦伤悲,心僽僽。

别往昔,行不苟。来日里,光明宥。谢尊师教导,哲思争秀。浩发诗文山海赋,巾眉雪墨乾坤酒。正韵轩,情载《满江红》,天将佑。

2023 年 2 月 12 日

【背景】

　　人到了一定的阶段，就时常会转身看走过的路，想过去的人和事，我便是如此。时光匆匆，不知不觉人生已过半。回想过去，生命的三分之二是混沌的，每天执迷于个人喜好，玩物丧志，以至于耽误了学业和前途。现在看来，那时的我是多么可笑又可悲，如今内心时刻被悔恨啃噬。

　　就在人生陷入迷茫之时，一道光照进了我的世界。在一次关于古诗词创作的专题讲座上，我结识了新疆大学教授马希玲先生。我和几位古诗词爱好者一再恳请，拜师门下，成为先生的首批弟子。先生甚至为了我们，创建"正韵轩"古诗词研习珊耶私人工作室。她让我感受到人格的魅力和知识的力量，让我知道学习永远不怕晚，因为夕阳绚烂，秋光美艳，《满江红》壮丽！

满江红·朝霞揽月

　　晓月仙凝，迎日出，苍穹抹色。春序里，昊天霞蔚，洌清灵碧。戏水琉璃波影媚，峰峦叠翠林光熠。兹忘情，环眺净无尘，垂芳泽。

　　观景致，挥彩墨。凭雅兴，吟声律。敬云空美幻，化成恩德。鬓雪依然恭引习，轩们甚是跟行急。楼颠上，

仰望祈人和，乾坤客。

2023 年 2 月 16 日于本溪

【背景】

  我特别喜欢赵匡胤《咏初日》中的诗句："太阳初出光赫赫，千山万山如火发。一轮顷刻上天衢，逐退群星与残月。"总幻想着诗中的情景。我所住楼房位置比较好，可以晨看朝霞，晚赏夕阳。当亲眼看见这一盛景时，我真的被震撼到，只想用最美妙的词语形容，用最动人的语言表达。多希望这片片红霞化成恩泽，保佑老师身体安康，再次提笔抒写璀璨的年华。

满江红·旧貌新颜

  昨日山城，飞黄雾、腾腾森缈。为此景，国家传令，地方通告。环境三维张理道，增强四季宣传报。创先例，精准察源头，阴霾扫。

  无烟塔，除尘罩。监测器，精研妙。且资源再用，减轻消耗。垂直森林多样化，飞行传感人工脑。如今是，旧貌换新颜，山川笑。

2023 年 2 月 19 日于本溪

【背景】

　　我的家乡本溪，曾经污染严重，二十世纪八十年代被称为"卫星看不见的城市"。国家高度重视，并将本溪市列为全国第一个工业污染治理试点城市，开展大规模的污染治理行动。如今，本溪成了一座生态之城，森林覆盖率高达76.31%，全省90%的城市饮用水都来自这里，水源含氧量居辽宁首位，被誉为枫叶之都、温泉之城。

满江红·小小鸟

　　黄雀于飞，穿林海，仰天吟叹。生命里，爱怜相惜，秀姿无限。未得花衣妆素羽，却留清梦环芳甸。无名辈，立志效鲲鹏，唯吾愿。

　　慕云鹤，翀峻巇。讥硕鼠，于华殿。看缤纷世界，万灵千面。漫说无知多狭隘，当言博识堪高远。小小鸟，振翅与风飙，仙凝伴。

2023年2月21日于本溪

【背景】

　　二十世纪九十年代初，由台湾歌手赵传演唱的《我是一只小小鸟》在社会上引起了很大的反响。今天再次听到，我

不由得联想到自己。是的，学习古诗词的我在尊师面前就是一只小小鸟。是尊师让我看到了云端之上的风景，让我有了穿森林、越海洋，效仿鲲鹏翱翔九霄的愿望。

满江红·试茶

陆羽《茶经》，源唐盛，博名华夏。之所见，素颜灵气，缔成文化。入世豪绅当礼客，出尘高隐闻香雅。好风物，小试品香茗，聊天下。

风流客，弹棋者。琴鼓瑟，诗箫夜。拜茶禅五境，幻心堪舍。洗去尘埃呈本色，甚听茶道颇陶冶。君不俗，潇洒饮谈之，清高寡。

2023 年 2 月 24 日于本溪

【背景】

茶文化在中国有着悠久的历史。中国是茶叶的发源地，起源可追溯到西周，先秦诗歌总集《诗经》中有茶的记载。到汉朝，茶成为佛教"坐禅"的专用补品。到唐代，陆羽著书《茶经》，奠定了中国茶道文化的基础。茶一入世就与君子结缘，气质高雅，超凡飘逸。茶如君子，君子爱茶，秉中和之道、自然之性。几株古柳，一把古琴，一个棋盘，一张茶桌，一盏热茶，不急不缓，清香四溢，沁人心脾。细品慢咂，让浮躁的心静下来。

满江红·跳龙门

碧水弯流，鱼潜底，孜求海阔。然不得、击波翻浪，未能洒脱。驾雾乘风游网乐，凌云变作飞仙蝶。正俯瞰，忽地梦醒然，心之结。

登颠路，从未歇。怀壮想，哪堪绝。奈庸才幻伪，肆行卑劣。盛妒他人文拔萃，须知耳畔多焦聒。跳龙门，非要踩旁人，应明说。

2023 年 2 月 27 日于本溪

【背景】

"活鱼会逆流而上，死鱼才会随波逐流"，话糙理不糙。能够逆流而上的鱼，必定拥有战胜艰难险阻的勇气，有赤诚的心，有坚定的信念。鲲鹏亦是如此。大有大的理想，小有小的愿望，我虽然不能与它们相比，但它们的精神已经深植于心中。我决心寻求蜕变，成为更好的自己。

满江红·勉

半老时光,都空付、慨然知错。曾舍弃,牧怀丹抱,苟行旁作。小说集邮多趣味,诗书水墨痴迷乐。到如今,警醒梦中人,言之凿。

资识界,分清浊。沟壑路,须精博。任文坛闹势,试寻光烁。时尚文风均不屑,梧轩雅道堪闳卓。问我心,鸿愿奉余生,如梅约。

2023 年 3 月 2 日于本溪

【背景】

珠流璧转,生命过半,走过多少弯路,浪费多少年华?仔细算来竟空付了大好时光。人总是撞破头才知反悔,怨天?怨地?怨人?都不怨,还是自己反省吧。虽然人生已步入晚秋,但努力向上的心仍充满春意,生命之舟仍破浪向前。

满江红·辨析

　　自古鸿才，林泉谷、幽居淡泊。因俗道，命途多舛，不堪凉薄。情致襟怀无媚骨，风骚正气同轩鹤。逸尘世，衿志亦逍遥，遵承诺。

　　桃源里，将敬酌。香草志，青云廊。但精神至上，俨然非昨。妒殄庸才无道义，妙人惊世明攻略。三千界，慧眼辨玄珠，光昭焯。

2023 年 3 月 6 日于本溪

【背景】

　　自古高才多隐士。隐士之风古有之，他们或大隐于世，或小隐于野。追根溯源，无非政见不同。他们学识渊博、才华横溢；他们厌倦官场争斗，超然物外，淡泊名利；他们游山玩水，笑傲风月，过闲云野鹤的生活，但始终心系苍生，忧国忧民。

满江红·忠言

些许忠言，虽逆耳，醒心开悟。知利弊，以贤为任，德基深固。傲慢桓公轻舍命，逊谦可汗为英主。还记得，扁鹊与玄成，皆翘楚。

宽怀者，知时务。偏狭者，多骄妒。对人间冷暖，各由情愫。自古仁君担伟业，何时马户成梁柱。惜天下、别有暗锋芒，飙城府。

2023 年 3 月 8 日于本溪

【背景】

司马迁在《史记》中写道："忠言逆耳利于行，良药苦口利于病。"何为忠言？就是直言劝告或当面批评。胸襟开阔并有气度的人会虚心接受别人的意见，而心胸狭隘的人会记恨在心。蔡桓公和扁鹊就是最好的事例，蔡桓公因讳疾忌医丢了性命。再看李世民和魏徵，李世民因为魏徵的诤言，最终成就大业。这样的例子从古到今有很多，李世民在魏徵死后说了一句很有名的话："夫以铜为镜，可以正衣冠；以古为镜，可以知兴替；以人为镜，可以明得失。朕常保此三镜，以防己过。今魏徵殂逝，遂亡一镜矣！"

满江红·读书乐

　　学海烟波，翻浪叠，兰彰蔚炳。唐律格，宋词声韵，博名悠永。燕雀林梢高展翅，微才市井尊传领。读名著，经典傍身心，提灵性。

　　桃源记，嘉梦影。山海志，朝丹景。望书香致远，策行驰骋。累世阳春多秽浊，高颠白雪方超颖。凤与麟，问道有谁知？君临镜。

2023 年 3 月 10 日于本溪

【背景】

　　母亲很早就让我养成了读书的习惯，于是，读书成了我人生中最快乐的事。随着年龄的增长，书籍也跟着换了种类。直到 2017 年遇到恩师，我才真正把精力投入古诗词研习。是她让我知道《诗经》是中国文学的源头，"唐诗"是我国文学史上的明珠，"宋词"是我国文学史上的一座丰碑。我沉浸在诗词之中，感受阳春白雪的雅，理解下里巴人的俗，不亦乐乎。

满江红·戒怀

俯仰之间,行坦荡,自成风骨。心向远,反思修渡,是非明彻。若谷虚怀多善举,仁慈厚爱无庸劣。行尚直,参悟解迷津,清襟豁。

知贪欲,应不屑。丰业德,怀明哲。慨贤家慧语,并非人设。敬待高堂三致礼,无尊恶语千夫灭。悟至理,朗朗释丹诚,留名节。

2023 年 3 月 12 日于本溪

【背景】

记得老师对我们说过,时间短暂,转瞬即逝,所以要活得坦坦荡荡,自成风骨。一个人要有心向高远的精神,要懂得反思与检讨,方能辨别是非。自古虚怀若谷的人深受爱戴,仁慈善德的人没有庸骨。人一生中,所听、所想、所学、所做,为的是明理识义,留下好的名节。

满江红·引

尘海相将,忙各自,急于奔走。些许是,逆流而上,欲争龙首。俗誉僭违非理道,贤良苦度方成就。众所知,天道可酬勤,悠悠口。

行与品,看操守;名和利,非言苟。笑思维饕餮,甚为荒谬。甚事无须筋骨力?种花也要天公佑。切勿躁,凡事守初心,分良莠。

2023 年 3 月 15 日于本溪

【背景】

早晨,街道上,人们匆匆忙忙,都在努力着。茫茫人海中,有些逆流而上者,只想让自己变得更优秀。贤良和有德行的人通过努力方取得成就。繁华世界,人心最可贵,天道酬勤。

做人讲操守,名和利不是空想就可得来的。贪图享乐的人最是荒谬。人生无常,世事无常。天将降大任于是人,必先苦其心志,劳其筋骨……人真的不能浮躁,而要守住初心,分清好坏。

满江红·夜吟

寂夜清明,如钩月、冷凝阡陌。因物则,世间兴盛,届时荣落。草木风光遵日序,年华宛宛终凋索。勿奢望,花好月长圆,多斟酌。

看天幕,星光烁。于禅境,乘仙魄。望乾坤正道,切随心诺。苦苦追寻为自勉,孜孜不倦方殊卓。可知晓,美梦本无根,人之作。

2023 年 3 月 18 日于本溪

【背景】

倚身窗前,夜空中的那轮弯月在冷眼凝视着人间。它是否也想,人世间的兴衰如同自然界之万物,遵循道法自然。出世入世皆修行,至于能否修成正果,就看个人的领悟。

满江红·春光

月引春宵,仍寒峭,裹衣题拙。风色好,柳邀桃杏,物华芊蔚。羞涩嫩芽争破土,残年老树抽新叶。清和际,大地盎然兮，天恩阔。

生息力，司命说，时节暖，皆蓬勃，看人间法道，万千生活。芳草萋萋荣不尽，师尊默默伤离别。怎辜负，北海寄深情，千千结。

2023 年 3 月 22 日于本溪

【背景】

冷月送春宵，寒气未退，月夜冷峭。我坐在桌前，总想写点儿什么，却找不到头绪。窗外，柳枝轻摇，桃树、杏树挂满花苞，小草破土，枝芽浅笑……在这美好的春天里，大地呈现蓬勃之势。可是一想到身在北海的老师，我便黯然神伤。

满江红·格局

小小阳台，方寸地，种花栽木。遵日月，悉心滋养，可人葱郁。蜡果牛油姿挺拔，荔枝沙橘身繁绿。乐得静，华苑又如何，悠悠酷。

吻兰草，含香馥。观竹翠，非尘俗。比人生境遇，向来知足。山野青林多隐士，高才俊哲难荣禄。好自在，与世不争风，纯清族。

2023 年 3 月 26 日于本溪

【背景】

不知道从什么时候起,阳台变花圃,成为一种时尚,我家阳台也被我弄成了小田园。只不过,人家种的都是名贵花木,我的花盆里埋的是菜根、果核。不需要我精心照料,有日月滋养,它们发了芽,长成了果树。野生的兰草,开着精致的紫花,清香淡雅。潇洒的文竹身姿修长,像谪仙下凡。高才俊哲归隐青林,平凡的我,置身在这小小的方寸之地,也觉安逸恬静。

满江红·自说自话

我自人生,谁堪问、几多知足。听劝教、苦辛生活,淡然荣辱。纸醉金迷非得意,简单纯粹才修福。许多时,只说不严行,空忙碌。

勤勉者,多识读。肤浅者,投机族。说无聊过往,可悲荒逐。日夜清修为进取,炎凉世态多翻覆。唯自勉,剑指破光阴,兰梅竹。

2023年4月1日于本溪

【背景】

饭桌上我和老父亲聊天,他说:"此生我知足了。"于是我在想，有几人会自问，知足与否。心灵鸡汤一篇接一篇，怕的是自己都说服不了自己。少玩那些耍嘴皮子的游戏吧，还是听从老师的教诲，脚踏实地，行稳致远，进而有为。

满江红·春之声

三月春妍，花相继，碧烟飞鸟。穿柳雾，觅香柔吻，蝶蜂欢闹。如是韶光人几度，纵横意绪情难了。方秉笔，拙赋释襟怀，伤春老。

怜芳草，吟春晓。谁富贵，争荣耀。惜凋颜迟暮，恼忧还早。锦瑟芳华犹未尽，可堪嘉境机缘好。寸光阴，乐得一年年，从师道。

2023 年 4 月 1 日于本溪

【背景】

三月，迎春花、桃花逐一开放；鸟儿飞过柳林，快乐鸣唱；小小的蝴蝶煽动薄薄的翅膀，与蜜蜂嬉闹；一切是那么的美好。无奈，春光短暂。我还没来得及认真欣赏，它就已经走了。自古文人多伤春，应该就是这样一种心境吧。人啊，往往在失去之后方知道珍惜，为什么不把握住好机缘，不珍惜难得的好时光呢？切记，及时当勉励，时光不待人。

满江红·小轩窗

　　正韵轩窗,梧桐女,秉操峰颖。经六载,自成流派,意通三境。向仰高山勤习业,肯临智者承天命。于此地,淡泊筑精纯,唯真性。

　　聚九凤,兴思骋;钟秀骨,骚坛影。纵风潇几度,毅然襟正。才哲珊耶怀厚德,冀图学子端行径。小轩窗,继往并开来,初衷永。

2023 年 4 月 8 日于本溪

【背景】

　　"小轩窗"是"正韵轩"的昵称,是老师特意为九个一心想学古诗词的女子而创建的。老师秉着正学之道、正世之言、正直之风,带领我们努力学习,认真创作。如今已经六载,并自成流派。"小轩窗"是老师为我们推开的,让我们领略到高山仰止的超凡卓越,让我们见识到淡雅高洁的文人风骨。未来的路还很长,继往开来,初衷永不变。

满江红·诉衷情

寝食难安，因学浅，甚知愧疚。心志忑，导师期许，哪堪辜负。下笔茫然无着落，冥思砌藻将文凑。苦如此，酸泪几番流，衣襟透！

然荣幸，恩师诱。严教诲，亲传授。育枯枝泛绿，未来能够。入夜远程专网课，朝霞引路青云秀。誓努力，以表我丹诚，殷殷读。

2023 年 4 月 10 日于本溪

【背景】

最近好像进入了创作的瓶颈期，我总会为想不出一个好句子而寝食难安。我恨自己不争气，辜负了恩师的期望，暗地里不知流过多少泪水。恩师好像知道我所想的一样，每次都能在我最沮丧的时候安慰我，耐心指导我，从一个字到一个词，从一句话到一个段落，严厉而又亲切。不尽的感激，我不知如何表达，于是写下这首《诉衷情》以表敬意。

满江红·光阴

岁月催人,今又是,新年伊始。妆镜里,鬓丝如雪,别添颓意。琐事缠身无所惧,忧怀侵骨安然对。鲜计较,冷暖已明知,些愁悴。

承重压,哪堪弃;唯使命,应磨砺。拒闲聊八卦,顿生英气。无病呻吟非我事,求知问道寻真理。看北海,出岫我师尊,无人比。

2023 年 4 月 14 日于本溪

【背景】

转瞬又是一年。镜子里的我鬓发斑白,却增添了坚毅之气。日常琐事对我构不成威胁,忧愁烦恼,我也能安然面对。鲜少计较得失成败,谈何颓废?

重任在肩,使命在身,都是磨砺。看远方北海,被迫出山的恩师,无人可比。

满江红·龋齿

　　齿疾牵缠，翻天疼，牙龈焮肿。真要命，弃餐难寝，药方三弄。潜伏多年成隐患，而今发作堪严重。急煞人，无奈去医治，愁眉耸。

　　新科技，光波动；除病灶，荧屏控。凭口腔数字，拓宽功用。釉质晶莹须保养，氟膏抑菌防牙痛。为健康，小疾也留心，休娇纵。

2023 年 4 月 7 日于本溪

【背景】

　　常言道，牙疼不是病，疼起来真要命。几天的牙疼，让我有种生不如死的感觉。到了牙科诊所，医生一番操作，牙痛顿时缓解了很多。不过医生提醒，要注意日常牙齿保健，有问题及时解决，不能存侥幸心理，否则吃苦头的还是自己。

　　值得一提的是，现在医学科技发展迅速，陈旧的治疗方法已经摈弃，智能设备助力现代化医疗，减轻了患者治疗过程中的痛苦，使得人们的健康得到了保障。

满江红·无那

　　宵小云云，多猥琐，奉谀虚假。常伪善，笑谈慈念，妄行欺下。俗货从之为契友，个中深识其奸诈。旁观者，未被损身心，言无那。

　　他你我，求真话。诚信者，知贤雅。若蝇营狗苟，古今都骂。磊落平生而坦荡，趋炎附势才廉价。人世间，何以有方圆，临高寡。

2023 年 4 月 20 日于本溪

【背景】

　　"邪正不两立，宵小群相攻。"现实中，总有宵小的存在。他们言行猥琐，善于以假面示人，说一套做一套，笑里藏刀，阴险至极，但凡自身利益被侵犯，立即撕破脸皮，反目成仇，毫无情意。这样的人，从古到今都被人唾弃。愤懑之余填词《无那》借以发泄。

满江红·芫荽引

指掐芫荽,根栽趣,光和几日。谁料想,益然荣发,满盆柔碧。窈窕纤姿迷魅眼,温存别样清馨溢。小香菜,瑶宴入芳魂,汤无敌。

唐记载,张骞觅,千万里,传中国。问渊源何处,始于埃及。果实研磨堪入药,廉身莫测调寒疾。荤辛物,些许不知其,中餐必。

2023年4月23日于本溪

【背景】

在阳台的花盆里埋下几个香菜根,没过几天,竟然长出新的叶子,当时只觉得神奇,并没有投入太多精力。也许是阳光充足的原因,过了不久,已满盆新绿。细长的梗上一朵朵白色小花伞,纤姿窈窕,像极了满天星,淡雅清新。

香菜,别名芫荽,据唐代《博物志》记载,公元前119年西汉张骞从西域引进。根茎、果实均可入药,茎叶常被用于点缀菜肴并提味。它有独特的味道,被出家人认作五荤之一。

满江红·哈尔滨

　　北国滨城，今爆火、四方云集。南客涌，软言娇态，纵情偏昵。江北冰灯明十里，玉栏金塔寒天碧。大教堂，建筑本恢宏，为名迹。

　　花鱼岛，冰雪节。东古巷，冰雕极。看中央道里，百年沿袭。极地公园观表演，中东铁路成回忆。哈尔滨，获誉小巴黎，风情溢。

2023 年 5 月 4 日于本溪

【背景】

　　入冬以来，哈尔滨人将冰雪风景与经济完美组合，增色不少。哈尔滨本身已盛名在外，有"东方莫斯科"和"东方小巴黎"之称。如今，冰雪大世界、圣索菲亚教堂、中央大街、标志建筑龙塔、关东古巷、中东铁路公园等景点让游客目不暇接，哈尔滨真正形成了口碑。

满江红·感题至亲辞世

一息嗟嘘，生死际，如来非请。难以算，俗埃何限，不知谁定。浮世繁华终似梦，嚣尘染著随心境。意念间，拟望罢悲愁，离尔等！

孰不想，元运盛。争奈是，尘情冷。慨天年上主，众生从命。过客匆匆谋活路，归人默默辞踪影。来去也，因果待轮回，听仙圣。

2023 年 6 月 1 日于本溪

【背景】

姑姑的病逝让我非常难过，从生病到去世不到一年。原来生命如此脆弱，生与死在一息之间而已。都说人命天定，可是为什么？所谓的浮世繁华不过镜中花水中月。在喧嚣的人世间，每个人都赤裸裸降生，赤裸裸离去，这是自然规律。

满江红·婚庆有感

　　宴喜儿婚，宾客至，花光彩景。嘉瑞气，靓车鱼贯，响鞭欢庆。执手新人深拥吻，明眸燕尔温柔炅。誓白首，诺伴一生情，相携永。

　　祝福酒，连翻敬。恭贺话，纷呈领。叹当今嫁娶，已成通病。刻意排场妆脸宴，巧言份子空前胜。现如此，婚礼变流程，人人肯。

2023 年 6 月 3 日于本溪

【背景】

　　儿子婚礼庆典，让我感想良多。豪华的车队，震天的鞭炮，漫天的撒花，讲究的中式礼服，热情的宾客，婚礼现场热闹非凡。两个孩子被婚礼主持人指挥着，一切按照流程进行，像在排练。我在想，孩子们的情是真的，爱也是真的。但总感觉不到那种无拘无束的幸福和快乐。现在的婚礼越来越豪华，却少了发自内心的微笑和祝福。大家都是演员，也都是看客。

满江红·纪梧桐

六月梧桐，丰姿碧，策风芳雪。香满院，伫凝萦绪，寄怀明月。丽地深情兰若谷，骚人搦笔抒襟彻。向念中，院落几飞花，残香涅。

梧轩启，祥凤列。清雅韵，生机勃。看惊鸿欲试，九霄云阔。若畏霜寒摧碧树，何谈境界成英物！得冀许，相识亦追寻，为明哲。

2023 年 6 月 10 日于本溪

【背景】

六月的梧桐，花开满树。嗅着清风送来的芳香，思绪飘向远方，那个幽兰若谷的女子，正提笔抒襟怀。被风摇落的花瓣，残香留痕。

仍记得，"正韵轩"成立之初，七女子学诗词、品雅韵，神采奕奕。姐妹间你学我写，你问我答，跃跃欲试，师生畅然，九霄云阔。不经一番寒彻骨，哪得梅花扑鼻香？守住初衷，莫忘莫弃，为明哲。

满江红·南柯梦

举止浮夸，充人物，不知忧愧。花架势，且思干欲，慕名行媚。哗众争风为取宠，苟言关注谋贪势。浑市井，开务并审时，求生轨。

此群类，精算计。勤合应，虚荣礼。似南柯一梦，凭空欢喜。谁把僭奢当跃进？谁因业德赢尊贵？人群中，真假各端由，天知你。

2023年6月23日于本溪

【背景】

社会上有着这样一类人，好像自己是多大的人物似的，张牙舞爪，目空一切。他们自以为是，举止浮夸，大话连篇，明明什么都不是，还摆出一身花架势。他们趋炎附势，攀龙附凤，阿谀奉承，哗众取宠，每日混在市井之中虚张声势，貌似混得如鱼得水。

这类人精于算计、虚荣且好面子，往往风光一时，到头来只是南柯一梦——空欢喜一场，把自己活成了笑话。试问，什么人享受奢侈的物质生活，什么人因修养德行而赢得尊重？红尘滚滚，人海茫茫，虽说真假各由人，但离地三尺有神明，天知尔。

满江红·半生缘

天命之人,如凌晷、日飞飙速。怜冻柳,雪飘千里,朔风追逐。霜叶拥枝淞雾树,寒冰铸剑光凝目。隐约间,冷气透心凉,身肌粟。

春已近,抽新竹。年趋老,仍勤读。算人生半百,许多非俗。墨染诗书歌淡雅,韵流日月追光夙。花甲梦,慨感作新词,云鸿鹄。

2023 年 7 月 7 日于本溪

【背景】

窗外雪雾,窗内父亲叹惜。99 岁的他常说:活一天就少一日。这样的天气和话题,让我很伤感。我已年过天命,有些事情看得清楚、想得明白。近几年来,我跟老师学习古诗词,受益匪浅,常用老师说的"梅经风霜香愈烈,人到无求品自高"勉励自己。

满江红·午夜

午夜闲观,星河幕,罗棋冷月。何以见,桂花寒殿,巧云浮拽。后羿嫦娥因执念,吴刚玉兔居仙阙。古又今,天上也人间,嗟圆缺。

苍穹宇,雷霆铁。尘世里,悲欢结。想高寒不胜,可堪虚说。寂寂红尘烟火盛,青青上界芳灵列。至更阑,李杜看平庸,诸凡歇。

2023 年 7 月 9 日于本溪

【背景】

仰望午夜的星空,神秘且神圣。银河畔,弯弯的新月如一叶扁舟缓缓地行驶在薄云中,时隐时现,仿佛置身在仙宫神阙。如果后羿不执着于长生不老,就不会和嫦娥生离永别。古往今来,天上人间,共圆缺。天宫冰冷凄寂,红尘悲欢情切。明知凡事不能强求,但又有几人参悟,无非自圆其说。不觉间更深夜残,自嘲庸人自扰也是无聊,罢了,罢了,睡觉。

满江红·夏夜

弹指之间，青丝鬓、转时如雪。方慨叹，境迁时序，是非翻说。正韵研修知况味，梧轩设定迎芳哲。尧舜后，笔墨泻风流，何曾歇。

文骚路，轩辕辙。经典引，丹怀彻。贺师尊北海，奋书兰阕。拟想随君鸥鹭远，哪堪望断沧凌冽。禁不住，把酒对青天，邀明月！

2023 年 7 月 24 日于本溪

【背景】

午夜梦回，思绪翻涌，想半百人生，青丝染霜华。有些人有些事早已时过境迁，是是非非难以明说，唯一不变的是对古诗词的热爱。尤其是在拜珊耶为师，成为"正韵轩"首批学员后，犹如身生双翼，畅游在词林韵海。三律跌宕，何其美妙。这种发自内心的快乐，世俗之人岂能知道？恩师珊耶先生独自在北海撑着病弱之体奋笔著书，为学子铺路搭桥。

多想飞到她身边啊，听她讲《诗经》的创作之美，讲《楚辞》的韵律之美，讲"宋词"的气骨之美……怎奈，心愿难成，把酒对青天，却有浮云将月遮。

满江红·感伤

　　风烛残年,非嘲讽,苍颜悴老。谁是也?父亲由翊,百旬将到。耳目聪荒成大碍,生存自理均难料。甚无奈,残弱最欺人,如何好。

　　多愁绪,频焦躁。临窘境,常烦恼。恨无情岁月,逝川烟袅。惜忆当年踌满志,自豪兴学开明道。然当下,体智渐消颓,唯贤孝。

2023 年 7 月 23 日于本溪

【背景】

　　老人家最近常常慨叹风烛残年,这并非讥讽之语,而是为憔悴衰老而焦灼。我的父亲将近百岁,眼盲耳背成了他生活中的大碍,身体日渐衰弱,为此特别沮丧。看到他失落的样子,我心里很难过。

　　愁绪越积越多,人也越来越焦虑。一辈子要强的老父亲,因身陷窘境而深深烦恼。恨只恨,光阴似水匆匆去,岁月无情催人老。忆当年,踌躇满志气节高;也自豪,首推兴学教改开明道。然当下,年迈体衰来日少。欣慰的是,有小女在堂前尽孝。

满江红·乡恋

衍水悠悠，穿城宇，青云偎守。峰峭巘，玉楼灯火，翠遮灵岫。铁刹桓龙盘古道，木兰水洞衔新柳。慕清嘉，客自远方来，尊年寿。

同治帝，曾赏秀。今可叹，慈航旧。慨山城万劫，雨僝风骤。太子沧桑歌不尽，溪湖壁眼流空瘦。本溪人、苦涩恋家乡，龙泉酒。

2023年8月1日于本溪

【背景】

在我的家乡——山城本溪，衍水悠悠穿城而过，青云山巍巍耸立于市区东南端，它们共同见证着本溪的发展变迁，永世守护本溪子民。东北道教龙门派的发祥地——九顶铁刹山，乃道教圣地，历史悠久。国家AAAAA级旅游景区本溪水洞，在全球地下充水溶洞中地位居首。市树——天女木兰，株形秀丽，白花淡雅，花语为勤劳、善良，韵味幽幽。曾被雍正帝改名的"本溪湖"（原名"杯犀湖"）、香火旺盛的慈航寺都是文人墨客笔下之景，所赋诗词，乡情浓厚。这就是我的家乡，从"煤铁之城"到"生态之城"，经历过苦难，获得过荣耀，是游子挥不去的乡愁，是赤子品不尽的龙泉酒。

满江红·致君子

君子端方,堪敬仰,谨谦恭致。言不苟,慨然明悟,挚诚千里。不亢不卑观气度,不忧不惧闻灵慧。识远见、忠恕换人心,称贤士。

开清业,怀高义。知敬畏,循天理。且声姿卓卓,叡才瑰玮。文质彬彬多俊雅,风标落落堪清贵。真君子,独善在其身,皆钦佩。

2023 年 7 月 31 日于本溪

【背景】

几日前,我与朋友小聚,自然聊到"谁的歌红了、某某电视剧火了",顺其自然地说起谁是真君子。

"君子"一词极具文化内涵,自古以来便是贤人志士。孔子曾言,"君子有九思:视思明、听思聪、色思温、貌思恭、言思忠、事思敬、疑思问、忿思难、见得思义"。"君子慎独,不欺暗室。卑以自牧,含章可贞"。由此可见,君子看人格、看品行。

君子博才却"矜而不争,群而不党","何须浅碧轻红色,自是花中第一流",是现代人定义的君子。

满江红·向远方

独念之尊,高仰止,壮怀丘壑。频启予,竭诚襟尚,九霄云鹤。始创梧轩唯大志,传承正韵情殊卓。拜上哲,端正入词林,勤修学。

研经典,孜求索。开视野,凭灵觉。驭风行万里,毅然漂泊。天马行空何处去,梧桐浩海观华魄。恨不能,插翅紧相随,追雄倬。

2023年8月16日于本溪

【背景】

最近我被歌曲《向云端》感动,听着那悠扬的旋律,心也随之飞向远方。千里之外的北海,我的恩师正泊居那里,她是我放不下的牵挂。成就高山仰止,仍怀丘壑之志,她创建"正韵轩",出版词集,只为传承并弘扬《词林正韵》,如今著书咏怀,才情卓越。

"山那边,海里面"有取之不尽的知识源泉,有风骨傲然的卓越文杰,有我向往的"云端"……

李月秋

李月秋（女），笔名珊碧，汉族，祖籍山东。本溪市作家协会会员，本溪市诗词学会会员。1950年出生于辽宁省本溪市。大专学历，中学高级教师。曾担任校长和校书记职务，现已退休。2017年开始跟随珊耶研习中国古体诗词，在网络上发表数篇诗词作品。

满江红·远程教学

古道微波,衔音越、千山迢递。霞万朵、朗云开雾,语飞佳丽[①]。沪海[②]骚文连锦绣,衍桥音籁传深粹。凝心听、正韵泼天来,恭修志。

咏经典,承纂继。谈格律,梧轩里。阅诗词万首,恋之情系。浴火涅槃全不顾,初心苦守终无悔。比易安[③]、拓垦一芳园,开新纪!

2018年5月15日于上海

【注释】

①佳丽:辽宁省本溪市的正韵轩。②沪海:指上海学员居处。③易安:南宋著名女词人李清照。这里借指"正韵轩"创始人、远程教学授课人——马希玲教授。

【背景】

远程教学指远程网络教学。自2017年开办"正韵轩"工作室以来,创始人不辞劳苦,不顾身弱体病,为使学员更好地学习唐诗宋词及基础知识,开通了线下教学、线上教学、远程教学等各种学习方式,深入研习中国古体诗词,传播国粹经典。在此以词咏赞"正韵轩"创始人——马希玲教授。

一生为有大事来，山高绝顶我临峰。浴火涅槃全不顾，苦守初心终不悔。马希玲教授为传承我国千年古诗词文化，甘愿拓垦一芳园，呕心沥血，倾其所能，忘我耕耘！

满江红·红色旅游

回首红游，白洋淀、千顷绿汀。尤记得、日侵华夏，国破凄声。敌寇欺凌燃战火，军民游击筑长城。雁翎军、水上斗东瀛，倭寇薨。

群英聚，西柏坪。乾坤转，孰纵横！那旌旗漫卷，九域昌平。风雨百年垂史册，江山千载永相承。古至今、天下望和光，红旭升。

2019年10月2日于本溪

【背景】

我于2019年参加红色旅游，来到河北保定白洋淀景区，参观白洋淀抗战纪念馆，并聆听当地民众与雁翎军在抗日战争时期消灭倭寇的可歌可泣的英雄事迹；又到河北平山红色革命圣地——西柏坡，即中共中央旧址，参观了毛主席等老一辈革命家工作生活的地方。

我们的民族血脉相承，历经抗日战争、解放战争，终于迎来了和平时代,人民过上了幸福安宁的生活。我们要不忘这百年历史,愿江山千载永固!

满江红·项羽

戏马台前,唯项羽、乌骓楚魄。君器宇、昊天惊叹,灭秦雄立。巨鹿大赢传后世,沉舟破釜开新术。都彭城、西楚霸王兴,全无敌。

鸿门宴,良策失。衔敌困,乡歌逼。惜虞姬剑刎,籍悲心熄。九死突围垓下垒,四周埋伏乌江泣。宁鬼雄、不肯过江东,英灵寂。

2023 年 2 月 28 日于上海

【背景】

人们对楚汉之争的历史故事耳熟能详。2017 年,我来到徐州彭城,登上了戏马台——徐州现存最早的古迹之一。公元前 206 年,盖世英雄项羽灭秦后,自立西楚霸王,定都彭城,于城南的南山上,构筑崇台,以观戏马,故名戏马台。

项羽,名籍,字羽。他指挥的巨鹿之战大获全胜,其首创的破釜沉舟之战法,至今是我国军事战术上的经典。

现在去往戏马台的沿路墙边布有数个喂马槽,可见当时戏马台上戏马的红火场面。戏马台两侧还设有鸿门宴、虞姬舞剑

和巨鹿大捷展馆等，展馆里再现了历史人物及事件，身临其境，让人唏嘘不已。感慨之余写词记之。

满江红·华夏颂

　　华夏隆昌，梦肇启、追本溯源。炎黄帝、汉家先哲，繁衍薪传。亘古绵延星月探，至今生遂世程艰。子孙兴、继往并开来，千万年。

　　潜龙海，飞九天。禾下梦，得通圆。那昊苍穹宇，任尔凌攀。奇卓雄狮谁肯比，超然灵凤惯居先。共和情、我血我轩辕，齐向前。

2023年3月2日于上海

【背景】

　　从炎黄走来，东方初肇，人类文明迎来了第一缕曙光。从此华夏民族亘古绵延，生生不息，开始了人类最伟大而辉煌的创举。千百年来，勤劳勇敢的中华民族敢上九天揽月，敢下五洋探海，用超群的智慧和能力，创造了跨越时代的奇迹，终于屹立于世界民族之林。而今龙凤腾展，雄狮傲然。作为炎黄子孙，我无比荣耀和自豪，愿以我血荐轩辕！愿华夏继往开来越千年！

满江红·生如夏花

荷月葱茏,连漫野、花簇盛迎。香十里,霞光普蔚,器尚欣荣。玉走金飞然有序,花开花落待时更。若前翻、超颖度从容,灵秀增。

妖如火,凋向生。烟霞遍,彩妍争。看夏花昭烂,百艳盈盈。清影幽香终是短,寂寥凄雨又归程。远了春、别了夏芳踪,秋意萦。

2020 年 8 月 18 日于本溪

【背景】

《生如夏花》是印度诗人泰戈尔写的一首诗。他的诗给人以希冀,给人以激情,令人感慨。

世间万物都有起、升、繁、落之过程,人生又何尝不是呢?!"生如夏花",那是人生的高光时刻,"不凋不败,妖冶如火"。我们在尘世间身体力行,"一路走来,一路盛开",似夏花般绚烂!愿生如夏花!

即使夏花再绚烂,百艳满盈后,清影幽香终是短,熙熙攘攘又归程。那充满生机的春已远行,那花团锦簇的夏也挥起告别的手,那沧桑的身影萦绕着秋的缠绵,只剩下、只剩下生如夏花的激情还温热着心头……

满江红·红旗渠

峡谷林州，多贫苦、地荒流竭。民背井、为谋生计，避灾逃脱。遍处焦尘无润泽，半坛滴水冤魂夺。度饥馑、壮举唤民心，消炎魃。

凿巉石，开壁穴。千秋业，堪超绝。引漳河溉灌，敢为贤哲。卅万英雄齐苦战，十年渠水横穿越。竟焕然、鼓乐太行山，红旗猎。

2023 年 3 月 5 日于上海

【背景】

红旗渠是由人工修建的灌渠，位于河南省安阳市林县（今林州市）。林县由于地质等原因，历史上属于严重干旱缺水地区，是水源奇缺、人们出外逃荒的贫困山区。当时，"滴水贵如油，十年九不收"。为了解决缺水和贫困问题，在二十世纪六十年代初，林县县委率领当地人民在极其艰难的条件下凿壁穿石，开山破岩，凿渠千里，日夜苦战十年，终于在太行山腰修建了一条"人工天河"——红旗渠！红旗渠精神是彰显中华民族不怕牺牲、排除万难、敢于胜利的一面光辉旗帜。

满江红·晚境

　　江海名城，寻古迹、游访觅源。跟团走、少劳心力，餐宿周全。昼夜时差常乱序，阴晴寒暖屡颠翻。览名胜、摄影记流年，心畅然。

　　归庐宇，方赋闲。挥诗绪，笔飞连。正激情怀感，热血奔澜。往事依然常入梦，华光远去意缠绵。惜晚晴、霜叶漫楼台，秋景天。

2023 年 3 月 8 日于上海

【背景】

　　"天意怜幽草，人间重晚晴。"自从退休以后，我就有时间了，在余下的时光里便想旅游，想到处走走。我在祖国的名山大川里探访古迹，观赏胜景，体验民俗，不亦乐乎。从中也感悟到，人生恰似一场精彩的旅行。如今岁月把我带进秋暮里，往事不停地萦绕心头，泛起无限的波澜，似有"草阁吟秋倚晚晴，云山满目夕阳明"的意境。

满江红·秋思

夏度金河,云舒阔、但思荣悴。花草木、肃然萧瑟,怨秋何以。商季扰心难入梦,流英落絮频相继。嗟次第、煦色与韶光,情难止。

黄昏问,人几岁?孤雁别,蛙声起。想人生再搏,且凭天意。冷雨霏霏惆鬓雪,浮云朵朵空凋蔽。余光里、似望夕阳红,殊祥瑞。

2023年3月10日于上海

【背景】

"自古逢秋悲寂寥",是唐代诗人刘禹锡《秋词》中的诗句,道出了我此时的心情。每到秋季,我便莫名地感到寂寥惆怅,不知是为逝去的岁月,还是为远离的亲人,抑或是为流走的青春过往,总是难以夜寐。在秋光里看不得落英,听不得雨声,连那雁鸣蛙叫都击打着我的心。这秋暮夕阳里的一草一木、一景一物的变化总连着一个"情"字,为情而思,为景而叹,为岁月而感伤!

满江红·读史

凝慕书城，悠万册、经典雅藏。承《史记》、禹汤尧舜，五帝三皇。战国争雄烽堠卷①，春秋称霸庶民殇。有撰书、《上下五千年》②，褒贬详。

编年纪③，修目长。留传体④，国泱泱。欲纂承青册，世代弘扬。血铸中华兴盛业，汗流炎昊⑤助宗邦⑥。咏轩辕⑦、不朽越千年，歌激昂。

2023 年 3 月 12 日于上海

【注释】

①烽堠：烽火台，即战火。②《上下五千年》：一部讲述中国上下五千年历史的书籍。③编年：即编年体，中国传统史书的一种体裁，特点是按年代顺序编排史料、著作等。④传体：即纪传体，史书体裁之一，以人物传记为中心。⑤炎昊：炎帝神农氏与太昊伏羲氏的合称。⑥宗邦：1. 国都，亦指国家；2. 父母之邦，祖国；3. 为世界所尊养的文明古国。⑦轩辕：1. 传说中的古代帝王黄帝的名字；2. 借指中华民族。

【背景】

　　每当走进书城,我便站在书架前,凝视着林林总总的书籍。自盘古开天始,书中载录着人类的起源、社会历史的发展、朝代的兴衰更迭……泱泱大国,巍巍华夏,有着上下五千年的历史。当捧书恭读,我便有穿越时代,与古人对话、与历史交流的神圣感;与此同时更深深地感激古人著书立说,让后人了解、铭记历史,不忘过去,继往开来,愿华夏不朽!

满江红·古稀年

　　岁月沧桑,途漫漫、夕阳残照。今已是、鬓花纹皱,喜将孙抱。昔日讲台勤授业,老来轩习经辞妙。再启航、纵意搏文韬,情难了。

　　为儿子,甘候鸟。仍全力,齐家好。看厅堂内外,一番新貌。举德知书频告诫,励勤达礼常施教。烟火气、血脉贯亲情,人间道。

2023 年 3 月 15 日于上海

【背景】

　　在漫长的岁月中,不知不觉已鬓白皮皱,有第三代人了。想想当年全力工作皆为公,无暇顾及老小,而今心力尚可,除了在梧轩研习《诗经》《楚辞》等，还想为后人做些什么，以弥补过去因工作忙而亏欠家人的。如今我像候鸟一样，孩子在哪儿，我就飞到哪儿，为的是让孩子们心无旁骛地努力工作，这就是我们这代人现在所能做的。

满江红·黄浦江畔

黄浦奔流，千古事、江月未泯。今两岸、笔楼灯火，聚客云云。高耸明珠呈倒映，云冠烟影照申津。百年兴、华夏筑魔都，旷世勋。

英雄塔，时代尊。外白渡，史名存。遍丽川云厦，与日增新。上海滩头无昼夜，玉桥飞起跨乾坤。不夜城、水上闹华灯，瑶阙欣。

2023 年 3 月 18 日于上海

【背景】

黄浦江水日夜奔流，承载着黄浦江畔太多的故事。两岸瑰景奇幻，巍楼高耸，前有东方明珠，后有上海中心大厦。登顶俯瞰上海全貌，远眺东海大桥，看江海浩瀚。繁华的闹市，烟影魔幻，华灯闪烁，恍若仙境，不知天上人间。江流千载，城兴百年，成就华夏魔都！

满江红·青云山

故里青云，山平顶、史传神削。威赫赫、亿年奇峻，佑匡城郭。沧海沉浮方显列，几经战乱依民托。四方台、碉堡伴碑林，功殊卓。

古遗址，非斧凿。尊孔像，群雕落。道人文气宇，可堪名博。破晓登临观日出，黄昏揽索飞沟壑。福祉山、厚载故乡人，施恩泽。

2023 年 3 月 20 日于上海

【背景】

家乡本溪，有一座美丽的青云山，因山峰平又被称为平顶山，海拔 657 米。传说山尖被神削掉，山体已存亿年余。几经沧海沉浮，又屡经战乱，残存有四方台、碉堡群等古遗址，又建有碑林呼应。孔子雕像坐落在山顶，每年举办大型的尊山祭孔活动，增添了人文气息。山上建了许多景点，还有书苑等，供人们游玩。

平顶山被人们亲切地称为父亲山，护佑着世世代代的本溪子民。

满江红·荣耀

　　华夏悠悠，疆域阔、田地沃饶。南到北、万方通达，环宇船翱。古渡江河吆号子，今时跨水架虹桥。曲流芳、源远史千秋，歌九霄。

　　霞旭里，观海潮。登五岳，领风骚。纵逸怀驰骋，逐梦狂飙。北雪寒天冰上舞，南风花雨水中飘。任往来、国魄系山河，惟舜尧。

2023 年 3 月 22 日于上海

【背景】

　　我爱我的祖国，她历史悠久，幅员辽阔，物产丰饶，山河壮美。那滚滚黄河是我们赖以生存的、令人骄傲的母亲河。人们去大海游玩，站在海岸上观东方日出，去攀登三山五岳，领略自然风光，在天地间纵情驰骋，大有可上九天揽月、可下五洋探海的追梦情怀。在美丽的国度里，人民皆为尧舜，建设和捍卫着伟大的祖国！

满江红·学者

　　古往今来，凡学者、无不习辛！超博览、程门立雪①，致理云云。学海遨游明夜渡，玉材磨砺琢成珍。九万程，击水尚扶摇②，应恪勤。

　　锥刺股③，拼脑神。萤光雪④，到凌晨。纵寂清寒暑，执念殷殷。酸涩孜煎熬十载，甘甜惶恐集一身。正少年，握剑破光阴，争日新⑤。

2023年6月7日于上海

【注释】

　　①程门立雪：出自《宋史·道学传二·杨时》，讲的是学生杨时与游酢一日去求教老师程颐，见老师坐在椅子上睡着了，就耐心侍立门外等候，不巧天下大雪，等程颐醒来时，门外雪已深一尺。原指恭敬受教，现指尊师重道、求学心切等。②扶摇：引自庄子《逍遥游》。原文为"鹏之徙于南冥也，水击三千里，抟扶摇而上者九万里"。③锥刺股：指的是战国时期的政治家苏秦夜以继日刻苦攻读的故事。④萤光雪：指囊萤映雪的典故，见《晋书·车胤传》、《初学记》卷二所引《宋齐语》。车胤因家贫买不起油，夏天以练囊装萤火虫照明读

书,孙康冬夜常利用雪映出的光读书。⑤日新:引自春秋时期曾参所著《礼记·大学》中的"苟日新,日日新,又日新"。

【背景】

  书山有路勤为径,学海无涯苦作舟。古往今来立学者无不辛苦,又厚望于身。古有头悬梁、锥刺股、囊萤映雪等立志苦学之故事,今有千军万马过独木桥之说。莘莘学子人人立志,家家企盼,水击三千里的大鹏直奔九万里。

  如今,风华少年在大好时光里,天天进步,日日更新,不负韶华,握剑破光阴,追日新!

满江红·百草园

  楼后园林,游赏地、喜观云鸟。然甚有、药中鲜品,吐芳斗俏。杜仲佩兰红月季,黄芩玉竹鱼腥草。小嫩苗、命里煮柔汤,身为宝。

  香白芷,通鼻窍。栀子果,除烦躁。看神农塑像,捻须思考。治病开方凭药性,悬壶济世须功效。尝百草、传继有灵方,含情操。

2023 年 3 月 24 日于上海

【背景】

  我家比邻上海中医药大学,后面有一个"上海中医药文化园",人们习惯称之为百草园。这大片绿园里树木林立,鸟语花香,且种有百余种中草药苗,均配有插牌,牌上画有样苗并标明药性及功效。词中所涉及的杜仲、佩兰、月季、黄芩、玉竹、鱼腥草、白芷、栀子等均是百草园中所栽种的草药苗。园中塑有李时珍等人的雕像。

  我天天在这里饱嗅中草药花的芳香,接受着我国中医文化的滋养,领略着祖国中医药学的博大精深。

满江红·衍水

  衍水流方,穿城谷、碧波迢远。如俯瞰,秀峰银带,蜿蜒华练。太子燕丹留史话,杯犀湖水含余叹。悲壮兮、勇士刺秦王,轩辕汉。

  沧桑史,经展衍。追往事,开天眼。看今朝英物,厉行敦勉。天地悠悠赢岁月,丹泉汩汩滋溪畔。太河水、惠泽一方人,乡之恋。

2023 年 3 月 26 日于上海

【背景】

太子河是家乡本溪的母亲河。太子河古称衍水，后为纪念燕太子丹，就把他曾藏匿过的衍水改名为太子河。公元前229年，燕太子丹为挽救燕国于危难之时，派荆轲去刺秦王，失败后秦军大举进攻燕国。太子丹为积聚力量准备反攻，藏在衍水，后被杀，留下了千载史话。

太子河见证了历史的沧桑，两岸英雄辈出，涌现了许多可歌可泣的感人事迹。太子河水惠泽滋养了这块土地和世世代代的本溪人。

满江红·知青生活

正值华年，遵上令，惜离故土。临别日、洌风抽骨，马车颠赴。蹚水过桥行僻野，冷烟山下朦胧处。老三届、再教耐何时，谁清楚。

境迁地，毛草具。耕种事，从头悟。向农工学习，苦劳朝暮。大地放歌时代曲，扎根村野知青户。想未来，跃跃意如鸿，凌云路。

2023 年 3 月 28 日于上海

【背景】

我在人生第一选择关口，放弃了接班进工厂的机会，等来

的是上山下乡，成为一名知识青年。在下雪的一天，我告别家人，离开城市到农村去，下了火车，又上马车，一路颠簸。到山村时，我早已成了雪人，行囊也被雪盖上了。

从此，我拿起了农具从零开始学，同村民一样日出而作、日落而息。每日农村广播站里放着当时流行的歌曲，宣传的都是扎根农村干革命的声音。我常常自问，未来在何方？每当仰望蓝天，看鸟儿飞翔，我心中便萌生梦想，多么羡慕鸿鹏展翅翱翔。

满江红·铁刹山

东北仙山，名铁刹、紫烟缭绕。传说是、白眉神圣，创兴道教。秀巘巍峨环翠雾，龙门曲径宣明道。九鼎峰，峻拔刺青天，通云昊。

琼峦嶂，峰碧峭。飞鸟引，登高眺。见多方游客，探寻奇宝。普度众生慈为本，广施万物仁方葆。钟灵地，山水毓丰嘉，民生好。

2023 年 3 月 30 日于上海

【背景】

我的家乡有一座远近闻名的铁刹山，是东北道教龙门派的发祥地，主峰海拔 900 多米。铁刹山被秀峰绿林环抱，常年紫烟缭绕，是闻名已久的东北名山，也是 AAAA 级景区，从东、南、北三面仰视，均可望见三个顶峰，三三合为九，故得名九顶铁刹山。无论是人文景观、自然风光，还是历史传说，铁刹山都是远近闻名的。

那八宝云光洞，更是负有盛名，神话故事中的长眉大仙李长庚曾在此修炼。八宝云光洞中藏有石虎、石龙、石寿星、石蟾蜍、石木鱼、石仙床、石定风珠、石莲盆等八宝，故名。洞口岩石上刻有"九顶铁刹山，八宝云光洞"。这钟灵之地护佑着一方百姓。

满江红·悬空寺

三教重门，悬空寺、建于北魏。儒道佛、倚恒磅礴，浩然千岁。天降宇庭凭险静，高轩画栋空悬峙。恢宏气、名播亦唯然，堪神伟。

天峰岭，松点翠。观崄塞，呈祥瑞。览雄姿峭壁，客抒情志。李白笔行留二字，月秋慨感无双寺。望楼阙、皆领世间奇，登临致。

2023 年 4 月于上海

【背景】

　　悬空寺，位于山西省大同市浑源县恒山金龙峡西侧翠屏峰的峭壁间，是国内现存唯一的佛、道、儒三教合一的独特寺庙，始建于1500多年前的北魏王朝后期，即北魏太和十五年（491）。唐代诗人李白游此，惊叹于悬空寺的鬼斧神工、巧奇绝伦，挥笔在巨石上写下"壮观"二字，且"壮"的右上角多了一个点。慕名而至的游人来到悬空寺下，无不惊异、赞叹。

满江红·盘古

　　撰记鸿蒙，初辟者、上神盘古。混沌界，裂分为境，地涯穹宇。七体变成星日月，四肢化作擎天柱。紫宙间、万象待昭详，洪荒举。

　　天地说，悲苦渡。筋骨碎，星球处。任清明世界，各应来去。先哲拓疆留伟绩，后生守土功勋树。还心期、万代祭斯人，馨香炷。

2023年3月29日于上海

【背景】

　　"盘古开天"的故事人人皆知。儿时妈妈、姥姥常给我们姐弟三人讲"女娲补天""盘古开天"等神话故事，至今让我们记忆犹新。今日终能作词以祭奠开天辟地、创造宇宙世界的盘古，感念斯人，感恩所有为人类奉献生命的英雄，焚香膜拜，以示虔诚！

满江红·春分

寒峭春分，均昼夜、历分三候。玄鸟至、二雷乃发，雨滋杨柳。万物竞生光闪电，百芳争绽含苞诱。麦拔节、再赏菜花香，云舒袖。

清和季，山彩釉。听翠鸟，欢言逗。正风光旖旎，燕归寻偶。北种秋收循日轨，南耕春播依时守。人法地、地法自从天，鸿恩佑。

2023 年 3 月 21 日于上海

【背景】

春分是二十四节气中较重要的节气。这一天昼夜时间一样长。过了春分，白天逐渐长了，夜晚逐渐短了，阳光明媚，万物竞生。春分有三候，即一候元鸟至——燕子从南方飞来了；二候雷乃发声——开始打雷了；三候始电——下雨时天空打雷伴闪电；均属自然现象。

春分到，节气的变化次第有序，古人用智慧和实践将二十四节气编入《太初历》，作为历法。这是当时世界上最先进的历法之一。南北方春种秋收等皆遵循历法，适应大自然的规律。

满江红·一叶扁舟

一叶扁舟，烟浪里、驭滔浮碧。心所向、典经骚雅，朗吟朝夕。初试茫然凭喜好，逐波翻浪开全力。望彼岸、大海与星辰，狂飙急。

天地里，烟波迹。看海燕，凌云翼。欲孜孜不倦，暮程超逸。破浪惊澜何所惧，风僝雨僽仍情激。尚期许、臆乐致黄昏，堪回忆。

2023 年 3 月 31 日于上海

【背景】

古稀之年，忆忆往昔，梳理梳理心境，无限慨叹不免油然而生。人生恰如一叶扁舟，行驶在烟波激浪里，时而风平浪静，时而雨打舟帆。无论是一帆风顺还是逆水行舟，都要向着心的方向，在海洋里学会搏击风浪，在江河中学会游泳。行至暮年又在诗海弄墨，矢志不渝。大海与星辰是美好的，总能让人打开心扉。正如当代诗人海子说的：面朝大海，春暖花开。我正面向夕阳，心中坦然。问期许，堪回忆，一抹余晖正拂面，一丝慰藉在心田……

满江红·寻梅

我恋寒梅，然身北、甚知缘少。清梦里、柳边湖畔，伫凝寻眺。雪映红妍方始见，冰姿独秀凌风傲。忽惺惺、尚觉有余香，随风袅。

今临沪，时恰好。正月里，春来报。喜梅英怒放，火红枝俏。野望茫茫花海岸，漫游寂寂开眉找。切欣怡，梅骨纵风情，嫣然笑。

2023年正月于上海

【背景】

梅花，我是读中学时从陆游的《卜算子·咏梅》词里初识的，从此喜欢梅花。毛泽东的《卜算子·咏梅》词升华了我对梅花的热爱以及我和梅花不解的情缘。梅花的精神、梅花的品格一直是我学习和向往的。因生于北方无缘见到梅花，我曾几次在梦里望见梅花，朦朦胧胧的，从此记挂于心。儿子读书毕业后定居上海，我才来到了南方，真正寻到了梅花。从梅

花含苞到怒放,再到落英满地,她的每一点变化都牵动着我。在梅花开放的日子里,我每天都在梅林里徜徉,见证梅花变化的全过程。为此我也尝试写了一首《卜算子·惜梅》:"俏引百花骄,独秀群芳妒。待到千红万紫时,悄寂寻归处。月下葬香魂,泪送梅英去。予怒春来恨暖风,且把冬留住。"如今我找到了,找到了梦中的那枝梅,她玉骨冰姿,翘首临风,在回眸一笑……

满江红·冬至

冬至寒幽,方数九、夜央凌旦。飞积素、冷凝河水,雪雱连片。峻岭延绵如是近,山城瑞白浑天远。冰封地、朔北凛然摧,风霜卷。

贺亚岁,民俗典。包饺子,羊汤面。记神医仲景,救民于难。千古流传双节日,至今脍炙民间谚。歌先祖、智慧利千秋,灵光焕。

2023 年 2 月 22 日于上海

【背景】

冬至,二十四节气之一,又称为亚岁。民间素有"冬至大如年"的说法,它既是节气,又是祭祖的日子,可称双节。

满江红·清明

正值清明,风瑟紧、又添凄楚。遥念念、祭亲恭缅,泪泉如注。野草寒荒谁敬扫,郁怀心事难倾诉。向北方、叩拜寄萱椿①,悲凝语。

不眠夜,窗外雨;思怅怅,牵愁绪。憾无能求鲤②,命中怜护。可叹双亲离别早,岂知兰桂齐芳③聚。托鸿雁、万里寄家书,何如许。

2023 年清明于上海

【注释】

①萱:母亲。椿:父亲。②求鲤:引自古代孝子王祥"卧冰求鲤"救母之故事。③兰桂齐芳:喻指子孙兴旺发达。

【背景】

清明时节雨纷纷,难道是人们思亲的泪水和着雨水,伴着冷风,敲打着人们的心,让人倍感凄楚?每逢清明,祭双亲与祖辈的我,总是坐卧不宁,百感交集,因身在外地,难尽心愿。双亲离别早,未能报父母养育之恩,我只能向北方恭缅祭亲。心托鸿雁寄家书,千千语,嗟如许。

满江红·谷雨

谷雨农忙,仍寒晓、昼晴风软。犁劲垦、大田兴种,柳姿垂岸。此季野珍清百火,几时耕作从三变。季春里,千卉竞花王,芳菲甸。

民安日,风送暖;天雨粟,农时唤。记先贤语汇,哲思流篆。人识农经勤是本,天酬至理谋求远。廿四历、节气蕴含深,歌谣遍。

2023 年 4 月 20 日于上海

【背景】

谷雨是春季的最后一个节气。它的到来意味着寒冷的天气结束了,大田兴种,雨水充沛,一场春雨一场暖,人们喝茗茶清百火。"从三变"是说禾苗的三种变化,即禾苗生长始于粟,生于苗,成于穗。

谷雨节气又有"仓颉造字天降粟"之说,意思是天帝提醒人们别误了农时。

满江红·择程

　　震耳雷鸣，撕云电、泼天凄雨。抬泪眼、有谁帮择，我应何去？慈父公亡催顶职，学堂停课添愁绪。问星月、笃学接班乎，艰难举。

　　承继业，安稳所。然梦想，难求取。叹人生岔路，怅然无主。宿命尚存鸿鹄志，前程但愿平安度。至秋阑、机遇被霜残，乡间户。

2023 年 4 月 22 日于上海

【背景】

　　这是人生路上的一次艰难抉择，它可能决定或改变我一生的命运！

　　那是 1966 年 9 月，我的父亲因公离开了我们。父亲单位遵照因公牺牲人员子女可接班的规定，让我填入职接班表，批准我接班。当时我正陷入丧父的悲痛中，且一心想继续读书，何去何从，抉择艰难。最后一心想读书的我撕了入职接班表，决心等待着继续升学读书的时刻。1968 年，全国一声令下，"知识青年到农村去，接受贫下中农再教育"，于是我便走在了乡间的小路上……

满江红·鸟儿

　　犹记童年，青瓦上、戏飞琉雀。成对舞、不分轩轾，各寻餐啄。劳燕南归秋雨后，鸟儿北驻寒冬度。任时序、天际纵其翔，无围猎。

　　生息界，非枉却。和谐处，无戕虐。看怡然漫野，鸟儿欢乐。碧水青山滋习靖，清嘉丽景依民托。今客旅、环境育襟怀，言真确。

2023 年 4 月 25 日于上海

【背景】

　　琉雀是麻雀的别名。麻雀和燕子是我童年的"玩伴"，也是人类的朋友。小时候，因怜爱它们，我常拿谷子给它们喂食，引来群鸟蹦跳啄食。我无数次看着它们南来北往，自由自在地飞翔。

　　人们为维护自然生态平衡，保护动物，采取各种措施，提倡"没有买卖，就没有杀戮"，让万物和谐共处。

满江红·忆少年

少小家和,温馨地、青砖碧瓦。庭院内、果蔬环绕,稚欢陶冶。父母外婆和姐弟,依山临水多潇洒。蹴秋千、槐梦逐光阴,东篱下。

飞雀燕,常客耍。回故里,寻寒舍。竟天翻地覆,耸楼钢架。岁老怀思皆以往,月新境变如开卦。忆无央、梦里似归游,心难罢。

2023 年 5 月 5 日于上海

【背景】

我每每忆起儿时的童趣、少时的生活,还有那温馨幸福的家,都无比怀念,一幅幅画面浮现于脑海。我曾千百回地呼唤着"我要回家乡"!当我和姐姐回去时,望眼欲穿的我们却被一座座高楼挡住了。不见了青瓦大院,不见了屋后的老槐树,不见了……一切都时过境迁,满目新颜。儿时的所有,只能在梦里回游,怀思无涯,罢,罢,罢!

满江红·在江南

雅逸江南,临窗望、小桥流水。南百草、北楼林漠,玉风烟翠。戏水泛舟闻击鼓,栏桥乐客欢如耳。观淑景、熙攘逐春潮,情澜起。

天开物,时宜地。江雨密,腾云绮。看花妍曼秀,露珠滋蕊。鸟语芬芳朝凤野,昊恩垂祉多鱼米。不思蜀、兴致是他乡,尊年岁。

2023 年 4 月 25 日于上海

【背景】

因儿子学习、工作、生活在上海,我随儿子小住江南。每天推窗望去,可见到园林中的小桥下渠水微澜,名"吕家浜"。这里常有上海中医药大学学生龙舟队的赛艇竞相划过,桥上的人比比画画,呐喊助威,熙熙攘攘逐春潮。

江南的美,美在丝丝的细雨中,美在亭台楼阁、石拱小桥上……白居易笔下的"日出江花红似火,春来江水绿如蓝"的江南令人向往,更让人陶醉……

满江红·本溪水洞

　　秀巘深流，堪第一、本溪水洞。迎客览，势如鱼贯，八方来拥。洞内奇姿迷幻影，霓灯光烁仙游梦。玄妙乎、异水渡扁舟，潺溪峒。

　　逢假日，车驱动；环丽野，风情纵。倚青山碧衍，蜿流清涌。千载自然多演化，百年功力唯华宠。得天赐、胜景落山城，当修奉。

2023 年 5 月 8 日于上海

【背景】

　　本溪水洞是国家 AAAAA 级旅游景区、国家重点风景名胜区，是世界第一长地下充水溶洞，曾被赞誉为"钟乳奇峰景万千，轻舟碧水诗画间。钟秀只应仙界有，人间独此一洞天"。

　　本溪水洞洞内奇姿幻影，彩灯闪烁，诗情画意，令人浮想联翩，泛舟观览似梦游仙境，游人流连忘返。

　　这千年难得的奇景，山城人应多加开发、修缮和保护。

满江红·千岛湖[①]

　　暇日闲然、乘高铁,直驱千岛。湖碧漾,翠薇波影,望行遥淼。旧沸村庄深水处,新绵峻岭如青帽[②]。歌尧舜[③]、造化逐流方,兴兰棹。

　　远谋划,防旱涝。多景致,人工造。傍灵山媚水,雾岑迷绕。古有先贤忙水冶[④],今来禹甸熙游闹。看神州、水美物华丰,苍生笑。

2023年5月12日于上海

【注释】

　　①千岛湖:即新安江水库。②青帽:千顷湖面上的点点青山,那是淹入水中的崇山峻岭高出水面的山顶所形成的岛屿。③舜尧:语出毛泽东《七律二首·送瘟神·其二》中的"六亿神州尽舜尧"句,来赞美伟大的中国人民排山倒海的力量和智慧。④水冶:《水经注·谷水》中一词,意指利用水力作动力的冶炼,为利国利民之大举。

【背景】

　　千岛湖又叫新安江水库,位于浙江省杭州市淳安县境内,是 1955 年动工兴建的人工湖，现为世界三大千岛湖之一。当年村民搬迁，村庄没于水底，连绵不断的崇山峻岭也淹没于水中。水面上露出大小不等的山顶，形成了 1078 个景色优美、形态各异的岛屿。

满江红·铭记

万里江山，祥运泰、吉云缭绕。留岁月、永生铭记，史诗光照。破雾启航星火烁，举旗驱敌通天昊。为主义、前扑后来人，之明道。

渣滓洞，刑酷拷。锋镝殒，涂肝脑。救黎民苦难，舍生丹抱。英烈置身何惧死，砍头当作风吹帽。众国士、一路引航歌，轩辕号。

2023 年 6 月 2 日于上海

【背景】

今天我们的祖国如此繁荣昌盛，我们的人民如此自由、幸福是革命的先驱者和先烈们在那血雨腥风的年代抛头颅、洒热血，前仆后继，才换来了今天的一切。让我们永远铭记先烈，他们永远是中华民族的骄傲！

满江红·又缘复旦

玉树瑶林①,芳华季、又缘复旦。恭仰望、景星凰凤②,琢材邦翰③。千里求知高学府,百年校史声名远。历风雨、大国育精英,千千万。

民之托,登月殿④。看赤子,空间站。正韶光浩气,志强行健⑤。十载寒窗修硕果,一朝丰羽飞银汉。今复旦、卧虎亦藏龙,鲲鹏展。

2023年6月8日于上海

【注释】

①玉树瑶林:传说仙界里的玉花树,用珍宝制作的树。喻资质优异、品行高洁的人。②景星凰凤:景星是大星、德星、瑞星,古人称现于有道之国。传说在太平之世才能见到,后用于比喻美好的事物或杰出的人才。③邦翰:喻国家中坚之臣。④月殿:月宫。比喻登科做官。⑤行健:意指天行健,君子以自强不息。

【背景】

今年六月初的一天,儿子明明陪我回复旦。一进校门,那熟悉的学生宿舍、教室、图书馆、体育馆、大食堂……不断地映入我的眼帘，让我倍感亲切。2006年，儿子在复旦读博兼任辅导员，我在复旦小住近一年，在这里零距离地与复旦学生接触，感受颇深。我为他们的博学而笃志、切问而近思的精神所感染，为他们的积极向上、努力拼搏所感动。为此我写了一篇散文《漫步复旦园》，记录了他们的校园学习生活，抒发了我对复旦这所百年学府的向往和对优秀学子的羡慕爱怜之情。儿子陪我重回复旦，我在激动感慨之余写了一首词《满江红·又缘复旦》，表达我对复旦大学和学子们的倾慕和赞美。

满江红·看病

指肿肤红，疑是病、恐交皮腐。观数日、尚如原状，问医求助。抽血 B 超全检测，折腾半日生添堵。处方是、吃洗抹齐开，如迷雾。

心不定，咨询去。难笃信，凭猜度。过千元自费，意谋良苦。实习殷勤携药取，不容思虑催钱付。甚可笑、勿药也痊康，瞢无语。

2023 年 3 月于上海

【背景】

两个手指肚皮糙红肿，自行用了皮肤类消炎药，已月余，

还是那样，但不疼不痒。忽心生疑窦，恐怕恶变，于是我去大医院找皮肤科主任看看。我介绍了我的情况，医生二话没说，让我先抽血化验，又做了手指皮肤B超，然后说我得的是湿疹。我说，不疼不痒，没感觉，怎么是湿疹？医者说，湿疹也有不痒的。因为要去湿所以必吃中药（汤剂），还得用汤剂清洗患处，用药膏涂抹，洗前涂一样，洗后涂另一样，还开了维生素B类药片等。我说，抹的药膏和药片我都有。医生说，医院开的药效好。我说我用的药和你开的药一样啊。医生说厂家不一样。我睁大了不解的眼睛看他。他说，我们不是为了收钱，而是为你好。接着，他让实习生领我交款取药。实习生殷勤地领我到交费窗口，一算一千多元，加之前面验血、做B超等已交的三百多元，共一千三百多元。我是在异地门诊看病，全自费，所以有些犹豫。在我犹豫间，实习生催我快交钱，好帮我取药，我就不自主地把钱递了上去。汤剂药不能立取，需邮寄，于是我又补交了快递费。回到家里虽郁闷，但也松了口气，因为湿疹不会恶变，所以我药也没吃，抹的药、洗的药也都没用，少碰水多注意就是了，过了一星期左右竟然全好了。这过程真让我无语。

满江红·念胞弟

岁月如梭，嗟荏苒、梦中依旧。从未忘，至亲胞弟，少年殇寿。岂料命途逢意外，哪堪落水人冲走。痛惜哉、厄运折雏鹰，悲年幼。

惊雷讯，携雨骤。肠寸断，心难受。惜聪明舍弟，溺身谁救！噩耗伤怀含泪搐，风残恨水如禽兽。怒苍天、何以噬童真，无仁厚。

2023年6月15日于上海

【背景】

我的至亲胞弟被太子河水无情地吞噬了，他的生命永远定格在十周岁。六十多年过去了，当年的情景却仍旧时不时出现于我的脑海，显现于梦中。如今每每忆起，我都心颤神伤，思念与悲伤之情，不能自已，令我窒息。弟弟聪明、懂事、好学，学习总是第一，又是班干部。全家都以他为傲。可偏偏天妒才童，夺走幼小的生命。当时我奔到河边，望着滔滔河水，撕心裂肺地哭喊……如今我心底迸发出呐喊之声，敢问苍天，为何这么不开眼，这么不仁义，这么不厚道？！

满江红·香山路

　　览胜香山，宜人地、碧烟云树。三百载、启明清序，瑞霞端渡。圣地祥氛花锦簇，柏灵史迹擎天柱。入嘉景，迷魅久流连，风情著。

　　西山岭，幽密护。磅礴气，盈乾宇。占天时地利，可人和聚。帝业运筹千载事，香山统揽双清墅。这世间、谁领大中华，开前路！

2023 年 5 月 1 日于北京

【背景】

　　2023 年五一节期间，孩子们放假了，全家乘飞机到北京旅游。虽去过北京多次，可都没有到过香山，于是我们到了北京就去香山，走在去往香山的路上，倍感地阔天蓝，清明和煦，景色迷人。这里碧树成林，奇花绽放，不同品种的百年老树比比皆是。更吸引人的是参天翠柏，树干笔直粗壮，两人都难以合抱，树龄多在 300 年以上，见证了几朝帝都的历史。全家怀着迫切而敬仰的心情来到了香山的双清别墅，参观了伟大领袖毛主席的办公、居住地，之后又来到来青轩，参观了朱德、刘少奇、周恩来、任弼时等中共中央领导人的办公、居住地。令人慨叹不已的是,革命领袖一心为人民谋幸福,一生清廉俭朴。问世间,谁领风骚清风度?!让历史永存,让人民铭记!

满江红·忆煤矿二中

梦里千回,常缅忆、煤矿二中。当花季、火红年代,甄育如鸿。百十园丁头雁领,万余鹏鸟一飞翀。为后生、沥血呕心人,衔烛龙。

今故址,杂草疯。已不见,旧时容。憾眼前残破,肃景凄风。往昔同侪多记挂,当年才俊几重逢。怅教涯、日月转流光,楼已空。

2023年6月25日于上海

【背景】

本溪煤矿二中坐落于本溪湖柳塘,属本溪煤矿子弟学校,是小学和初中连为一体的学校。在二十世纪八十年代,因本溪矿务局与沈阳矿务局合并,本溪煤矿搬迁至红阳,将学校交于地方。在火红的年代里,最多的时候师生有两千余名。煤矿二中曾承担着社会办学的重任,为国家培养了许许多多合格的人才。教师们为之付出了满腔热血和青春年华,呕心沥血,无怨无悔,做蜡烛,口衔火炬,照亮别人,燃烧自己。

几十年过去了,我有幸与回本溪访友的几位远居外地的同

事回煤矿二中，看看曾经并肩奋斗过的故地。一眼望去，满目疮痍，这还是我们魂牵梦萦的煤矿二中吗？校舍仍在，可围墙内外疯长的蒿草，在凄风中摇曳，好像在向我们诉说着过往的沧桑岁月。那残破的大门还紧锁着，大多不见了窗户，看不见沸腾的校园，听不到朗朗的读书声，我的同人、我的学生都在哪里呢？找不见当年，楼已空！

满江红·溪湖

明翠山庄，生之地、慨然深恋。时境变、依坡而起，耸楼华建。悠曲摇篮常绕寓，风华梦里寻芳甸。几代人、隽永念溪湖，情无限。

别故地，仍思蔓。诚切望，腾云展。冀东山阔野，再兴彪焕。衍水湾流迎丽日，慈航紫气环青巘。还有那、碧月挂轩楼，姮娥羡。

2023 年 6 月 30 日于上海

【背景】

明翠山庄以前叫本溪湖明山沟。从出生至而立之年，我一直生活在这里，工作在溪湖。我的母亲也出生在这里、生活在这里。这里有我太多的记忆、念想、不舍。我对这片土地，对这里的一草一木，情深意浓，像秋叶对大树的爱恋，像大树对土地的感激……我由衷地祝愿，生我养我的溪湖全面腾飞，再创辉煌！人民幸福安康！

满江红·军旗

　　耀世红星，风雷烈，山河壮岳。惊四海，激扬天地，国之光烁。血雨烽烟华夏志，军旗在手苍龙索。轩辕势，铁马踏春秋，筹帷幄。

　　民族难，炎黄托。驱敌寇，维疆廓。守长城嘉靖，岂容嚣浊？勋绩三军成砥柱，丰碑九域魂昭灼。歌一曲，天下举杯听，英雄魄。

2023 年 7 月 8 日于上海

【背景】

　　建军节前心情激动，军旗猎猎，护我山河，守我疆土，扬我国威！耀世红星，永放光芒，所照之处，安定祥和。国有今天，民有今日，全靠中国共产党领导下的人民军队。让我们赞颂人民解放军，以美酒敬献人民的英雄！

　　人民军队是中国人民的中流砥柱，是保家卫国的绿色长城。

后　记

　　《悠悠满江红》倾注了我们的全部心血。全书共收录二百余首《满江红》，首首倾尽心力，笔切时代，正视社会现实，贴近生活，体悟人生。一笔一情怀，一词一世界，一念一红尘。

　　《满江红》是现存两千多个词牌中的一个，又名《上江虹》《满江红慢》《念良游》等。宋以来创作者多以柳永《满江红·暮雨初收》为正体，九十三字，一般多用入声韵。声情激越，宜抒豪情壮怀和恢张襟抱。还有一平韵格，姜夔改作。《悠悠满江红》多采用仄韵格，小部分采用平韵格。

　　满江红原本是一种长在水田或池塘中的小型浮生植物。因叶内含有很多花青素，春夏呈绿色，到秋冬时节，则呈现一片红色，所以叫"满江红"。调名来源说法不一，一说调名为《咏江景》，源自唐代诗人白居易《忆江南》词中的"日出江花红胜火"之句。关于其他说，清毛先舒《填词名解》和清冯金伯《词苑萃编》等书中有记载。《满江红》格律独特，气势恢宏，音脉蓬勃，富有生命力。我们通过六年的研习，尤为喜欢《满江红》。当我们倾注心血与真诚，当志向成为信仰，它便有超越自身更大的影响和价值。追逐光，生命才会发光！

《悠悠满江红》收录的二百余首词中，珊耶先生新创百余首。首首都是心血力作，句句都情真意切，词中有她的心路历程。读者读着，回溯时光，便会悄然靠近词人寂寞的心灵，似乎听到那些跳动的文字在歌吟。词作者由砳是珊耶学生中最勤勉、最优秀的一个。她的词作具有老师的风范，视角独特，用词精准，寓意幽深，意境高远。她对《满江红》韵律的驾驭不但游刃有余，而且有所突破。我们不仅深入研习和发扬《满江红》入声韵的精髓，还根据时代的进展、精神文化的繁衍、语言学的深入探究，大力尝试拓展《满江红》，采用非入声韵，收到良好的效果。

《满江红》在创作题材、语言文字风格上，慎求得当，广泛全面：大到历史、社会、天地，小到生活纪事，包罗万象；有回忆，有时势，有议论，有情怀，有感慨。

希望这些词作能留下淡淡的余音。梅花香自苦寒来，多年的苦学与追求随着《悠悠满江红》一书与大家见面，算是有结果了。二百余首《满江红》是经过漫长的古诗词研习、积淀，竭尽心力创作而成的。回想六载风雨历程，"正韵轩"创始人珊耶先生从辽宁省本溪市梧轩工作

室到广西北海工作室，带领学员秉承初心，一直坚守，采取多种形式传授古诗词知识，并自编本科古诗词系列教材十卷。从开始学习掌握词林正韵和平水韵，到古风、五绝、五律、七绝、七律；从词的小令、中调、长调，到如何写诗填词，系统而有层次地推进。珊耶先生还带领学员诵读并翻译了我国最早的一部诗歌总集——《诗经》，以及《楚辞》等；形式上将线上教学和线下教学相结合；此外，还设计了外出采风课，在青山绿水间进行实地创作训练。师生们徜徉在衍水岸边，聚集在"正韵轩"工作室里，月下挑灯夜读……这一切都成了永生难忘的回忆。

我们的导师——珊耶先生，无论是在客乡新疆，还是在家乡本溪（现居北海），都笔耕不辍。凡脚步丈量的地方，都留下她赤子般深情的诗章。

天道轮回有四季，然人生没有轮回，只有四季。我们这一代，青春岁月经风雨，壮年依旧试登峰，生如夏花多绚烂，黄昏晚暮满江红。我们的生命进入了层林尽染的晚秋。我们将踏着余晖，激情澎湃地走向经典，走向诗和远方。

李月秋

2023 年 8 月 18 日于上海

附　词林正韵

第一部

平声：一东、二冬通用

【一东】东同童僮铜桐峒筒瞳中［中间］衷忠盅虫冲终忡崇嵩［崧］菘戎绒弓躬宫穹融雄熊穷冯风枫疯丰充隆窿空公功工攻蒙濛朦瞢笼胧栊眬聋珑砻泷蓬篷洪荭红虹鸿丛翁噰匆葱聪骢通棕烘崆

【二冬】冬咚彤农侬宗淙锺钟龙茏舂松淞冲容榕蓉溶庸佣慵封胸凶匈汹雍邕痈浓脓重［重复］从［服从］逢缝峰锋丰蜂烽葑纵［纵横］踪茸蛩邛筇跫供［供给］蚣喁

仄声：上声一董、二肿
　　　 去声一送、二宋通用

【一董】董懂动孔总笼［东韵同］拢桶捅蓊蠓汞

【二肿】肿种［种子］踵宠垅［陇］拥冗重［轻重］冢捧勇甫踊涌俑蛹恐拱竦悚耸巩怂奉

【一送】送梦凤洞众瓮贡弄冻痛栋恸仲中［击中］粽讽空［空缺］控哄赣

【二宋】宋用颂诵统纵［放纵］讼种［种植］综俸供［供设，名词］从［仆从］缝［隙也］重［再也］共

第二部

平声：三江、七阳通用

【三江】江缸窗邦降［降伏］双泷庞撞豇扛杠腔梆桩幢蛩［冬韵同］

【七阳】阳扬杨洋羊祥伴芳妨方坊防肪房亡忘望［漾韵同］忙茫芒妆庄装奘香乡湘厢箱镶芗相［相互］襄骧光昌堂唐糖棠塘章张王常长［长短］裳凉粮量［衡量］梁粱良霜藏［收藏］肠场尝偿床央鸯秧殃郎廊狼榔跟浪［沧浪］浆将［持也，送也］疆僵姜缰舫娘黄皇遑惶徨煌仓苍舱沧伤殇商帮汤创［创伤］疮强［刚强］墙樯嫱蔷康慷［养韵同］囊狂糠冈刚钢纲匡筐荒慌行［行列］杭航桁翔详祥庠桑彰璋漳獐猖倡凰邙臧赃昂丧［丧葬］闯羌枪锵抢［突也］蜣跄篁簧璜潢攘瓢亢吭［漾、养韵并同］旁傍［侧也］孀孀当［应当］裆珰铛泱炀蝗隍怏肓汪鞅滂螂怆［漾韵同］缃琅颃怅螳

仄声：上声三讲、二十二养

去声三绛、二十三漾通用

【三讲】讲港项棒蚌耩

【二十二养】养痒象像橡仰朗桨奖蒋敞氅厂枉往颡强［勉强］惘两曩丈杖仗［漾韵同］响掌党想鲞榜爽广享向飨幌莽纺长［长幼］网荡上［上升］壤赏仿罔谠倘魍魉谎蟒漭嗓盎恍脏［肮脏］吭沆慷襁镪抢肮犷

【三绛】绛降［升降］巷撞［江韵同］戆

【二十三漾】漾上［上下］望［阳韵同］相［卿相］将［将帅］状帐唱让浪［波浪］酿旷壮放向忘仗［养韵同］畅量［数量］葬匠障瘴谤尚涨饷样藏［库藏］舫访贶嶂当［适当］抗桁妄怆宕怅创酱况亮傍［依傍］丧［丧失］恙谅胀鬯脏［内脏］吭砀伉圹纩桄挡旺炕亢［高亢］阆防

第三部

平声：四支、五微、八齐、十灰［半］通用

【四支】支枝肢移簃为垂吹陂碑奇宜仪皮儿离施知驰池规危夷师姿迟龟眉悲之芝时诗棋旗辞词期祠基疑姬丝司葵医帷思滋持随痴维厄麾埤弥慈遗肌脂雌披嬉嬉尸狸炊湄篱兹差［参差］疲茨卑亏蕤骑［跨马］歧岐谁斯澌私窥

熙疵赀羁彝髭颐资縻饥衰锥姨夔衼涯〔佳、麻韵同〕伊追缁萁箕治〔治国〕尼而推〔灰韵同〕匙陲魖锤缡璃骊嬴帔罴縻蘼脾芪畸牺羲曦欷漪狶崎崕萎筛狮螄鸥绥虽粢瓷椎饴嫠痍惟唯机耆迻峉丕吡枇貔楣霉辎虫嗤嫠飔埘荎鲥䲡罾漓怡贻禧噫其琪祺麒嶷蠕栀鹂累跀琶嵋

【五微】微薇晖辉徽挥韦围帏违闱霏菲〔芳菲〕妃飞非扉肥威祈畿机几〔微也〕讥玑稀希衣〔衣服〕依归饥〔支韵同〕矶欷誹绯晞葳巍沂圻颀

【八齐】齐黎犁梨妻〔夫妻〕萋凄堤低题提蹄啼鸡稽兮倪霓西栖犀嘶撕梯鼙赍迷泥溪蹊圭闺携畦嵇跻奚脐醯鬵蠡醍鹈奎批砒睽荑篦虀藜猊鲵羝

【十灰〔半〕】灰恢魁限回徊槐〔佳韵同〕梅枚玫媒煤雷颓崔催摧堆陪杯醅嵬推〔支韵同〕诶裴培盔偎煨瑰茴追胚俳坏桅傀儡〔贿韵同〕莓

仄声：上声四纸、五尾、八荠、十贿〔半〕

　　　去声四寘、五未、八霁、九泰〔半〕、十一队〔半〕通用

【四纸】纸只咫是靡彼毁委诡髓累技绮訾此泚蕊徙尔弭婢佟弛豕紫旨指视美否〔否泰〕痞圮几姊比水轨止徵〔角徵〕市喜己纪跪妓蚁鄙悬子仔梓矢雉死履垒癸趾址以已似耔祀史驶耳使〔使令〕里理李起杞圯趾士仕俟始齿矣

耻麂枳峙鲤迩氐玺巳［辰巳］滓苢倚匕迤逦旖旎舣虮秕芷拟你企诔捶屣棰揣豸祉恃

【五尾】尾苇鬼岂卉几［几多］伟斐菲［菲薄］匪篚娓悱榧諀炜匦

【八荠】荠礼体米启陛洗邸底抵弟坻柢涕悌济［水名］澧醴诋眯娣棨递昵睍螠

【十贿［半］】贿悔罪馁每块汇［汇合］猥璀磊蕾傀儡腿

【四寘】寘置事地意志思［名词］泪吏赐自字义利器位戏至次累［连累］伪寺瑞智记异致备肆翠骑［车骑，名词］使［使者］试类弃饵媚鼻易［容易］辔坠醉议翅避笥帜炽粹莳谊帅厕寄睡忌贰萃穗二臂嗣吹［鼓吹，名词］遂恣四骥季刺驷寐魅积［积蓄］被懿觊冀愧匮恚馈贲篑柜暨庇致莉腻秘比［近也］鹜毖耷示嗜饲伺遗［馈遗］蕙祟值惴屣眦罾企渍譬跛挚燧隧悴屎稚雉莳悸肆泌识［记也］侍踬为［因为］

【五未】未味气贵费沸尉畏慰蔚魏纬胃汇［字汇］谓渭卉［尾韵同］讳毅既衣［着衣，动词］萤溉［队韵同］翡诽

【八霁】霁制计势世丽岁济［渡也］第艺惠慧币弟滞际递［荠韵同］厉契［契约］敝弊毙帝蔽髻锐庆裔袂系祭卫隶闭逝缀翳替细桂税婿例誓筮蕙诣砺励瘗噬继脆睿毳

曳蒂睇妻递逮蓟蚋薛荔唳捩粝泥［拘泥］媲嬖彗睥睨剂嚏谛缔剃屉悌俪锲贳掣羿棣蠡薤娣说［游说］赘憩鳜巇呓谜挤

【九泰［半］】会旆最贝沛霈绘脍荟狈侩桧蜕酹外兑

【十一队［半］】队内辈佩退碎背秽对废悔诲晦昧配妹喙溃吠肺耒块硙刈悖焙淬敦［盘敦］

第四部

平声：六鱼、七虞通用

【六鱼】鱼渔初书舒居裾琚车［麻韵同］渠蕖余予［我也］誉［动词］舆胥狙锄疏蔬梳虚嘘墟徐猪间庐驴诸储除滁蜍如畲淤好苴菹沮徂龉茹桐於祛蘧疽蛆醵纾檽蹰［药韵同］欤据［拮据］

【七虞】虞愚娱隅无芜巫于衢癯瞿氍儒濡襦须需朱珠株诛铢蛛殊俞瑜榆愉逾渝畲谀腴区躯驱岖趋扶符凫芙雏敷麸夫肤纡输枢厨俱驹模谟摹蒲逋胡湖瑚乎壶狐弧孤辜姑觚菰徒途涂荼图屠奴吾梧吴租卢鲈炉芦颅垆蚨孥帑苏酥乌污［污秽］枯粗都茱侏妹禹拘嵎踽桴俘臾萸吁潴瓠糊醐呼沽酤泸舻轳鸾匍葡铺［铺盖］菟诬呜迂盂竽跗毋孺醵鹕骷刳蛄晡蒲蓇呱蝴刿妯猢郛乎

仄声：上声六语、七麌

　　去声六御、七遇通用

【六语】语［语言］圄圉吕侣旅杼伫与［给予］予［赐予］渚煮暑鼠汝茹［食也］黍杵处［居住、处理］贮女许拒炬距所楚础阻俎沮叙绪屿墅巨去［除也］苣举讵溆浒钜醑咀诅苎抒楮

【七麌】麌雨宇舞府鼓虎古股贾［商贾］估土吐圃庾户树［种植，动词］煦诩努辅组乳弩补鲁橹睹腐数［动词］簿竖普侮斧聚午伍釜缕部柱矩武五苦取抚浦主杜坞祖愈堵扈父甫禹羽怒［遇韵同］腑拊俯罟赌卤姥鹉挂莽［养韵同］栩寠脯妩虙否［是否］麈楼篓偻酤牡谱怙肚蹁虏弩诂瞽牯羖祜沪雇仵缶母某亩蛊虓

【六御】御处［处所］去虑誉［名词］署据驭曙助絮著［显著］箸豫恕与［参与］遽疏庶预语［告也］踞倨觑淤锯觑狙［鱼韵同］薯薯

【七遇】遇路辂赂露鹭树［树木］度［制度］渡赋布步固素具务雾鹜数［数量］怒［麌韵同］附兔故顾句墓慕暮募注住注驻炷祚裕误悟痼戍库护屦诉妒惧趣娶铸绔傅付谕喻妪芋捕哺互孺寓赴冱吐［麌韵同］污［动词］恶［憎恶］晤煦酗讣仆［偃仆］赙驸婺锢蛀飓怖铺［店铺］塑愫蠹溯镀璐雇瓠迕妇负阜副富［宥韵同］醋措

第五部

平声：九佳［半］、十灰［半］通用

【九佳［半］】佳街鞋牌柴钗差［差使］崖涯［支、麻韵同］偕阶皆谐骸排乖怀淮豺侪埋霾斋槐［灰韵同］睚崽楷秸揩挨俳

【十灰［半］】开哀埃台苔抬该才材财裁栽哉来莱灾猜孩徕骀胎唉垓挨皑呆腮

仄声：上声九蟹、十贿［半］

去声九泰［半］、十卦［半］、十一队［半］通用

【九蟹】蟹解洒楷［佳韵同］拐矮摆买骇奶罢

【十贿［半］】海改采彩在宰醢铠恺待殆怠乃载［岁也］凯闿倍蓓迨亥

【九泰［半］】泰太带外盖大［个韵同］濑赖籁蔡害蔼艾丐奈柰汰癞霭

【十卦［半］】懈廨邂隘卖派债怪坏诫戒界介芥械薤拜快迈败稗晒瀣湃寨疥届蒯篑蒉喟聩块惫

【十一队［半］】塞［边塞］爱代载［载运］态菜碍戴贷黛概岱溉慨耐在［所在］鼐玳再袋逮埭赉赛忾暧咳嗳昧

第六部

平声：十一真、十二文、十三元［半］通用

【十一真】真因茵辛新薪晨辰臣人仁神亲申身宾滨槟缤邻鳞麟珍瞋尘陈春津秦频苹颦濒银垠筠巾囷民岷泯［轸韵同］珉贫莼淳醇纯唇伦轮沦抡匀旬巡驯钧均榛遵循甄宸纶椿鹑嶙辚磷呻伸绅寅姻荀询峋氤恂嫔彬皴娠闽纫湮肫逡菌臻豳

【十二文】文闻纹蚊云分［分离］氛纷芬焚坟群裙君军勤斤筋勋薰曛醺芸耘芹欣氲荤汶汾殷雯贲纭昕熏

【十三元［半］】魂浑温孙门尊樽存敦墩炖燉蹲豚村屯囤［囤积］盆奔论［动词］昏痕根恩吞荪扪裈昆鲲坤仑婚阍髡馄喷猢饨臀跟瘟飧

仄声：上声十一轸、十二吻、十三阮［半］
　　　去声十二震、十三问、十四愿［半］通用

【十一轸】轸敏允引尹尽忍准隼笋盾闵悯菌［真韵同］蚓牝殒紧蠢陨哂诊疹赈肾蜃膑黾泯窘吮缜

【十二吻】吻粉蕴愤隐谨近忿抆刎愠槿瑾惲韫

【十三阮［半］】混棍阃悃捆衮滚鲧稳本畚笨损忖囤遁很沌恳垦龈

【十二震】震信印进润阵镇刃顺慎鬓晋骏闰峻衅振俊舜赆吝烬讯仞迅汛趁衬仅觐蔺浚赈［轸韵同］龀认殡摈缙躏廑谆瞬韧浚殉馑

【十三问】问闻［名誉］运晕韵训粪忿［吻韵同］酝郡分［名分］絭愠近［动词］扠［吻韵同］拚奋郓捃靳

【十四愿［半］】论［名词］恨寸困顿遁［阮韵同］钝闷逊嫩溷诨巽褪喷［元韵同］艮揾

第七部

平声：十三元［半］、十四寒、十五删、一先通用

【十三元［半］】元原源沅鼋园袁猿垣烦蕃樊喧萱暄冤言轩藩媛援辕番繁翻幡璠鸳鹓蜿湲爰掀燔圈谖

【十四寒】寒韩翰［翰韵同］丹单安鞍难［艰难］餐檀坛滩弹残干肝竿阑栏澜兰看［翰韵同］刊丸完桓纨端湍酸团攒官观［观看］鸾銮峦冠［衣冠］欢宽盘蟠漫［大水貌］叹［翰韵同］邯郸摊玕拦珊狻犴杆跚姗殚箪瘅谰貛倌棺剜潘拚［问韵同］盘般螨瘢磐瞒谩馒鳗钻拧邗汗［可汗］

【十五删】删潸关弯湾还环鬟寰班斑蛮颜奸攀顽山闲艰间［中间］悭患［谏韵同］屡潺擐圜菅般［寒韵同］颁鬘疝讪斓娴鹇鳏殷［赤黑色］纶［纶巾］

【一先】先前千阡笺天坚肩贤弦烟燕［地名］莲怜连田填巅鬈宣年颠牵妍研［研究］眠渊涓捐娟边编悬泉迁仙鲜［新鲜］钱煎然延筵毡旃蝉缠廛联篇偏绵全镌穿川缘鸢旋船涎鞭专圆员乾［乾坤］虔愆权拳椽传焉嫣鞯褰搴铅舷跹鹃筌痊诠悛遄［铣韵同］禅婵躔颠燃涟琏便［安也］翩骈癫阗钿［霰韵同］沿蜒胭芊鳊胼滇佃畋咽湮狷蠲鄢骞膻扇棉拴荃籼砖挛儇欢璇卷［曲也］扁［扁舟］单［单于］溅犍

仄声：上声十三阮［半］、十四旱、十五潸、十六铣

去声十四愿［半］、十五翰、十六谏、十七霰通用

【十三阮［半］】阮远［远近］晚苑返反饭［动词］偃蹇琬沅宛婉畹菀蜿绻巘挽堰

【十四旱】旱暖管琯满短馆［翰韵同］缓盥［翰韵同］碗懒伞伴卵散［散布］伴诞罕瀚浣断［断绝］侃算［动词］款但坦袒纂缎拌懑谰莞

【十五潸】潸眼简版板阪盏产限绾柬拣撰馔皖汕铲羼栈

【十六铣】铣善［善恶］遣［遣送］浅典转［霰韵同］衍犬选冕辇免展茧辨篆勉剪卷显钱［霰韵同］践喘藓软蹇［阮韵同］演兖件腆跣缅缱鲜［少也］殄扁匾蚬岘畎燹隽键变泫癣阐颤膳鳝舛娩辗遣［先韵同］齑辫捻

162

【十四愿［半］】愿怨万饭［名词］献健建宪劝蔓券远［动词］侃键贩畈曼挽［挽联］瑗媛圈［猪圈］

【十五翰】翰［寒韵同］瀚岸汉难［灾难］断［决断］乱叹［寒韵同］观［楼观］干［树干，干练］散［解散］旦算［名词］玩烂贯半案按炭汗赞漫［寒韵同。副词，独用］冠［冠军］灌爨窜幔粲灿璨换焕唤涣悍弹［名词］惮段看［寒韵同］判叛绊鹳伴畔锻腕惋馆旰捍疸但罐盥缎缦侃蒜钻谰

【十六谏】谏雁患涧间［间隔］宦晏慢盼篆栈［潸韵同］惯串绽幻瓣苋办谩讪［删韵同］铲绾栾篡裥扮

【十七霰】霰殿面县变箭战扇煽膳传［传记］见砚院练链燕宴贱馔荐绢彦掾便［便利］眷倦羡奠遍恋啭眩钏倩卞汴片禅［封禅］遣溅饯善［动词］转［以力转动］卷［书卷］甸电咽茜单念［念书］眄淀靛佃钿［先韵同］旋漩拣缮现狷炫绚绽线煎选颤擅缘［衣饰］撰喑谚媛忭弁援研［磨研］

第八部

平声：二萧、三肴、四豪通用

【二萧】萧箫挑貂刁凋雕迢条髫调［调和］蜩枭浇聊辽寥撩寮僚尧宵消霄绡销超朝潮嚣骄娇蕉焦椒饶硝烧［焚

烧] 遥徭摇谣瑶韶昭招镳瓢苗猫腰桥乔娆妖飘逍潇鸮骁桃鹩鹨缭嘹夭［夭夭］幺邀要［要求］姚樵谯憔标飙嫖漂［漂浮］瓢佻龆苕峇噍哓跷佻了［明了］魈峣描钊轺桡铫鹞翘枵侨窑礁

【三肴】肴巢交郊茅嘲钞包胶苞梢姣庖匏坳敲胞抛蛟崤鸹鞘抄螯咆哮凹淆教［使也］跑艄捎爻咬铙茭炮［炮制］泡鲛刨抓

【四豪】豪劳毫操［操持］髦绦刀萄猱褒桃糟旄袍挠［巧韵同］蒿涛皋号［号呼］陶鳌曹遭羔糕高搔毛艘滔骚韬缫膏牢醪逃濠壕饕洮淘叨嗨篙熬遨翱嗷臊嘌尻鏖螯獒敖牦漕嘈槽掏唠涝捞痨芼

仄声：上声十七筱、十八巧、十九皓
　　　去声十八啸、十九效、二十号通用

【十七筱】筱小表鸟了［未了，了得］晓少［多少］扰绕绍杪沼眇矫狡杳窈窕袅挑［挑拨］掉［啸韵同］肇缥缈渺淼茑赵兆缴缭［萧韵同］夭［夭折］悄佋侥蓼娆硗剿晄貌秒窈瞭［瞭望］

【十八巧】巧饱卯狡爪鲍挠［豪韵同］搅绞拗咬炒吵狡姣［肴韵同］昂茆獠［萧韵同］

【十九皓】皓宝藻早枣老好［好丑］道稻造［造作］脑恼岛倒［跌倒］祷捣抱讨考燥扫嫂保鸨稿草昊浩镐杲缟

槁堡皂瑙媪燠祅懊葆褓芼澡套涝蚤拷栲

【十八啸】啸笑照庙窍妙诏召邵要〔重要〕曜耀调〔音调〕钓吊叫眺少〔老少〕诮料疗潦掉〔筱韵同〕峤徼跳嘹漂镣廖尿肖鞘悄〔筱韵同〕峭哨俏醮燎鹩鹞轿骠票铫〔萧韵同〕

【十九效】效教〔教训〕貌校孝闹豹罩棹觉〔寤也〕较窖爆炮〔枪炮〕泡〔肴韵同〕刨〔肴韵同〕稍钞〔肴韵同〕拗敲〔肴韵同〕淖

【二十号】号〔号令〕帽报导操〔操行〕盗噪灶奥告〔告诉〕诰到蹈傲暴〔强暴〕好〔爱好〕劳〔慰劳〕躁造〔造就〕冒悼倒〔颠倒〕燥犒靠懊瑁燠〔皓韵同〕耄糙套〔皓韵同〕纛〔沃韵同〕潦耗

第九部

平声：五歌独用

【五歌】歌多罗河戈阿和〔和平〕波科柯陀娥蛾鹅萝荷〔荷花〕何过〔经过〕磨〔琢磨〕螺禾珂蓑婆坡呵哥轲沱鼍拖驼跎佗〔他〕颇〔偏颇〕峨俄摩么娑莎迦疴苛蹉嵯驮箩锣哪挪锅诃柯蝌髁倭涡窝讹陂鄱燔魔梭唆骡挼靴瘸搓哦瘥酡

仄声：上声二十哿
　　　　去声二十一个通用

【二十哿】哿火舸弹舵我拖娜荷［负荷］可左果裹朵锁琐堕惰妥坐［坐立］裸跛颇［稍也］夥颗祸桠婀逻卵那坷爹［麻韵同］簸叵垛哆硪么［歌韵同］峨［歌韵同］

【二十一个】个贺佐大［泰韵同］饿过［歌韵同。过失，独用］座和［唱和］挫课唾播破卧货簸轲［辘轲］驮髁［歌韵同］磋作做剁磨［磨盘］糯糥缚锉揳些

第十部

平声：九佳［半］、六麻通用

【九佳［半］】佳涯［支、麻韵同］娲蜗蛙娃哇

【六麻】麻花霞家茶华沙车［鱼韵同］牙蛇瓜斜邪芽嘉瑕纱鸦遮叉奢涯［支、佳韵同］巴耶嗟遐加笳赊楂差［差错］蟆骅虾葭袈裟砂衙呀琶耙芭杷笆疤爬葩些［少也］佘鲨查楂渣爹挝吒拿椰珈跏枷迦痂茄桠丫哑划哗夸胯抓洼呱

仄声：上声二十一马
　　　　去声十卦［半］、二十二祃通用

【二十一马】马下［上下］者野雅瓦寡社写泻夏［华夏］

也把厦惹冶贾［姓贾］假［真假］且玛姐舍喏赭洒嘏剐打耍那

【十卦［半］】卦挂画［图画］

【二十二祃】祸驾夜下［降也］谢榭罢夏［春夏］霸暇灞嫁赦藉假［休假］蔗化舍［庐舍］价射骂稼架诈亚麝怕借卸帕坝靶鹧贳炙嗄乍吒诧侘鲊吓娅哑讶迓华［姓华］桦话胯［遇韵同］跨衩柘

第十一部

平声：八庚、九青、十蒸通用

【八庚】庚更［更改］羹盲横［纵横］觥彭亨英烹平枰京惊荆明盟鸣荣莹兵兄卿生甥笙牲擎鲸迎行［行走］衡耕萌甍宏闳茎罂莺樱泓橙争筝清情晴精睛菁晶旌盈楹瀛赢嬴营婴缨贞成盛［盛受］城诚呈程醒声征正［正月］轻名令并倾萦琼峥嵘撑粳坑铿撄鹦黥蘅澎膨棚浜坪苹钲伧橀轰铮狰狞瞠绷怦璎砰泯鲭侦柽蛏茔頳茕鐄鐺

【九青】青经泾形陉亭庭廷霆蜓停丁仃馨星腥醒［醉醒］惺俜灵龄玲铃伶零听［径韵同］冥溟铭瓶屏萍荧萤荥扃垧鹡蜻硎苓瓴翎娉婷宁暝瞑螟猩钉疔叮厅町泠柠图羚蛉咛型邢

【十蒸】蒸烝承丞惩澄陵凌绫菱冰膺鹰应［应当］蝇绳

167

升缯凭［径韵同］乘［驾乘，动词］胜［胜任］兴［兴起］仍兢矜征［征求］称［称赞］登灯僧憎增曾矰层能朋鹏肱薨腾藤恒罾崩滕誊崚嶒峘塍冯症簦曾凝棱楞

仄声：上声二十三梗、二十四迥

去声二十四敬、二十五径通用

【二十三梗】梗影景井岭领境警请饼永骋逞颖颍顷整静省幸颈郢猛丙炳杏秉耿矿冷靖哽绠荇艋蜢皿儆悻婧阱狰［庚韵同］靓惺打瘿并［合并］犷瞽憬鲠

【二十四迥】迥炯茗挺艇梃醒［青韵同］酩酊并［并行，并且］等鼎顶拯罄到溟

【二十四敬】敬命正［正直］令［命令］证性政镜盛［茂盛］行［学行］圣咏姓庆映病柄劲竟靓净竟孟净更［更加］并［梗韵同］聘硬炳泳迸横［蛮横］摒阱橪迎郑猄

【二十五径】径定听胜［胜败］罄磬应［答应］赠乘［名词］佞邓证秤称［相称］莹［庚韵同］孕兴［兴趣］剩凭［蒸韵同］迳甑宁胫暝［夜也］钉［动词］订饤锭馨泞瞪蹭蹬亘［亘古］镫［鞍镫］滢凳磴泾

第十二部

平声：十一尤独用

【十一尤】尤邮优尤流旒留骝榴刘由油游猷悠攸牛修羞秋周州洲舟酬雠柔俦畴筹稠丘邱抽瘳遒收鸠搜驺愁休囚求裘仇浮谋牟眸侔矛侯喉猴讴鸥楼陬偷头投钩沟幽纠啾楸蚯踌绸惆勾娄琉疣犹邹兜呦咻貅球蜉蝣辀帱阄瘤硫浏庥湫泅酋瓯啁飕鍪篌抠篝诌骰偻沤〔水泡，名词〕蝼髅搂欧彪掊虬揉蹂抔不〔与有韵"否"通〕瓿缪〔绸缪〕

仄声：上声二十五有
　　　去声二十六宥通用

【二十五有】有酒首口母〔麌韵同〕妇〔遇韵同〕后柳友斗狗久负〔遇韵同〕厚手叟守否〔麌韵同〕右受牖偶走阜〔遇韵同〕九后咎薮吼帚垢舅纽藕朽臼肘韭亩〔麌韵同〕剖诱牡〔麌韵同〕缶酉苟丑糗扣叩某莠寿绶玖授蹂〔尤韵同〕揉〔尤韵同〕溲纣钮扭呕殴纠耦掊瓿拇姆擞绺抖陡蚪篓黝赳取〔麌韵同〕

【二十六宥】宥候就售寿〔有韵同〕秀绣宿〔星宿〕奏兽漏富〔遇韵同〕陋狩昼寇茂旧胄宙袖岫柚覆复〔又也〕救厩臭佑右囿豆饾窦瘦漱咒究疚谬皱逅嗅遘溜镂逗

透骤又侑幼读［句读］堠仆副［遇韵同］锈鹫绉咮灸籀酎诟蔻傀构扣购彀戊懋贸袤嗽凑鼬毹沤［动词］

第十三部

平声：十二侵独用
【十二侵】侵寻浔临林霖针箴斟沈心琴禽擒衾钦吟今襟［衿］金音阴岑簪［覃韵同］壬任［负荷］歆森禁［力所胜任］祲喑琛涔骎参［参差］忱淋妊掺参［人参］椹梣芩檎琳蟫愔喑黔嶔深

仄声：上声二十六寝
去声二十七沁通用
【二十六寝】寝饮［饮食］锦品枕［枕衾］审甚［沁韵同］廪衽稔凛懔沈［姓氏］朕荏婶沈［沈阳］葚禀噤谂怎恁饪罾
【二十七沁】沁饮［使饮］禁［禁令］任［信任］荫浸譖谶枕［动词］噤甚［寝韵同］鸩赁喑渗窨妊

第十四部

平声：十三覃、十四盐、十五咸通用

【十三覃】覃潭参［参考］骖南楠男谙庵含涵函岚蚕探贪耽眈龛堪谈甘三酣柑惭蓝担簪［侵韵同］谭昙坛婪戡颔痰篮褴蚶憨泔聃邯蟫［侵韵同］

【十四盐】盐檐廉帘嫌严占［占卜］髯谦奁纤签瞻蟾炎添兼缣沾尖潜阎镰黏淹钳甜恬拈砭詹蒹歼黔钤佥崦渐鹣腌襜阉

【十五咸】咸函［书函］缄岩谗衔帆衫杉监［监察］凡馋芟挦喃嵌搀巉

仄声：上声二十七感、二十八俭、二十九豏
　　　去声二十八勘、二十九艳、三十陷通用

【二十七感】感览揽胆澹［淡，勘韵同］啖坎惨敢颔［覃韵同］撼毯糁湛菡萏罱橄喊嵌［咸韵同］橄榄

【二十八俭】俭焰敛［艳韵同］险检脸染掩点簟贬冉苒陕谄俨闪剡忝琰奄歉芡崭埝渐［盐韵同］罨捡弇崦玷

【二十九豏】豏槛范减舰犯湛巉［咸韵同］斩黯

【二十八勘】勘暗滥啖担憾暂三［再三］绀憨澹［咸韵同］瞰淡缆

【二十九艳】艳剑念验堑赡店占［占据］敛［聚敛］厌焰［俭韵同］垫欠僭酽潋滟俺砭坫

【三十陷】陷鉴泛梵忏赚蘸嵌站馅

第十五部

入声：一屋、二沃通用

【一屋】屋木竹目服福禄谷熟肉族鹿漉腹菊陆轴逐首蓿宿［住宿］牧伏夙读［读书］犊渎牍椟黩縠复［恢复］粥肃碌骕鹭育六缩哭幅斛戮仆畜蓄叔淑俶独卜馥沐速祝麓辘镞蹙筑穆睦秃縠覆辐瀑郁［忧郁，郁郁葱葱］舳掬跼蹴踘茯袱鹏鹆髑槲扑匐簌蔟煜复［复杂］蝠蝮孰垫蠹竺曝鞠嗾谡簏国［职韵同］副

【二沃】沃俗玉足曲粟烛属录辱狱绿毒局欲束鹄蜀促触续浴酷躅褥旭欲笃督赎渌蠚碡北［职韵同］瞩嘱勖溽缛梏

第十六部

入声：三觉、十药通用

【三觉】觉［知觉］角桷榷岳乐［音乐］捉朔数［频数］卓啄琢剥驳雹璞朴壳确浊擢濯渥幄握学龌龊梨搦镯喔邈荦

【十药】药薄恶［善恶］作乐［哀乐］落阁鹤爵弱约脚雀幕洛壑索郭错跃若酌托削铎凿箔鹊诺萼度［测度］橐钥龠瀹着著虐掠获［收获］泊搏藿嚼勺谑廓绰霍镬莫箨缚貉各略骆寞膜鄂博昨柝格拓砾铄烁灼疟蒻箬芍躇却嚄矍攫醵踱魄酪络烙珞膊粕簿柞漠摸酢作涸郝垩谔鳄噩锷颚缴扩樨陌［陌韵同］

第十七部

入声：四质、十一陌、十二锡、十三职、十四缉通用

【四质】质日笔出室实疾术一乙壹吉秩率律逸佚失漆栗毕恤密蜜桔溢瑟膝匹述黜弼跸七叱卒［终也］虱悉戌嫉帅［动词］蒺佚踬怵蟋筚篥必泌荜秫柿唧帙溧谧昵轶聿诘蝥垤捽茁鬻鹬窒苾

【十一陌】陌石客白泽伯迹宅席策册碧籍［典籍］格役帛戟璧驿麦额柏魄积［积聚］脉夕液尺隙逆画［动词］百辟赤易［变易］革脊翮屐获［猎获］适索厄隔益窄核舄掷赜圻惜癖僻掖腋释译峄择摘弈奕迫疫昔赫瘠谪亦硕貊跖鹡碛踖只炙［动词］蹠斥夃禹骼舶珀吓磔坼喀蚱舴剧檗擘栅啧帻簀扼划蜴辟帼蝈刺崱汐藉螫驀搣襞虢哑［笑声］绎射［音亦］

【十二锡】锡壁历枥击绩勛笛敌滴镝檄激寂觋溺觅狄获幂

173

戚鹢涤的吃沥雳霹惕剔砾翟氽倜析晰淅蜥劈甓嫡轹栎阅苾踢迪晢褐逖霓阋汨［汨罗江］

【十三职】职国德食［饮食］蚀色力翼墨极殛息熄直值得北黑侧贼饰刻则塞［闭塞］式轼域蜮殖植敕呕棘惑忒默织匿慝亿忆臆薏特勒肋幅仄昃稷识［知识］逼克即唧［质韵同］弋拭陟恻测翊洫啬穑鲫抑或匐［屋韵同］

【十四缉】缉辑戢立集邑急入泣湿习给十拾袭及级涩楫［叶韵同］粒汁蛰执笠隰汲吸絷挹浥悒岌熠茸什芨廿揖煜［屋韵同］歙笈［叶韵同］圾褶翕

第十八部

入声：五物、六月、七曷、八黠、九屑、十六叶通用

【五物】物佛拂屈郁［馥郁，郁郁乎文哉］乞掘［月韵同］吃讫绂弗勿迄不怫绋沸茀厥倔黻崛尉蔚契屹熨

【六月】月骨发阙越谒没伐罚卒［士卒］竭窟笏钺歇突忽袜曰阀筏鹘［黠韵同］厥［物韵同］蹶蕨殁橛掘［物韵同］核蝎勃渤悖［队韵同］孛揭［屑韵同］碣粤樾鳜脖馞鹘捽［质韵同］猝惚兀讷［呐］羯凸咄矻

【七曷】曷达末阔钵脱夺褐割沫拔［挺拔］葛囫渴拨豁括抹遏挞跋撮泼秣掇鞑獭剌喝磕蘖瘌袜活鹕斡怛钹捋

174

【八黠】黠拔［拔擢］八察杀刹轧戛瞎刮刷滑辖铩猾捌叭札扎帕苗鹡擖萨捺

【九屑】屑节雪绝列烈结穴说血舌洁别缺裂热决铁灭折拙切悦辙诀泄锲咽［呜咽］轶噎彻澈哲鳖设啮劣玦截窃孽浙孑桔颉拮撷揭褐［曷韵同］缬碣［月韵同］挈抉裹薛拽［曳］蓺冽瞥迭跌阅餮槷垤捏页阕鴂谲鸩撒氅篾楔惙辍啜缀撒继杰桀涅霓［齐、锡韵同］批［齐韵同］

【十六叶】叶帖贴牒接猎妾蝶叠箧慊涉鬣捷颊楫［缉韵同］聂摄慑镊蹑协侠荚挟铗浃睫厌餍蹀躞燮摺辄婕谍堞霎啑喋碟鲽捻晔躐箑［缉韵同］

第十九部

入声：十五合、十七洽通用

【十五合】合塔答纳榻阁杂腊匝阖蛤衲沓鸽踏拓拉盍塌咂盒卅搭褡飒磕榼遢蹋蜡溘邋趿

【十七洽】洽狭峡法甲业邺匣压鸭乏怯劫胁插锸押狎夹恰蛱硤掐札袷眨胛呷歃闸霎［叶韵同］